独角兽书系

月海电台

夏桑 / 著

LUNAR
MARE
RADIO

重庆出版集团 重庆出版社

图书在版编目(CIP)数据

月海电台 / 夏桑著. —重庆:重庆出版社,2022.7
ISBN 978-7-229-17010-3

Ⅰ.①月… Ⅱ.①夏… Ⅲ.①中国文学—当代文学—作品综合集 Ⅳ.①I217.2

中国版本图书馆CIP数据核字(2022)第125478号

月海电台
YUEHAI DIANTAI

夏桑 著

责任编辑:邹 禾 唐弋淄 魏映雪
装帧设计:徐 图
责任校对:廖 颖

重庆出版集团 出版
重庆出版社

重庆市南岸区南滨路162号1幢 邮政编码:400061 http://www.cqph.com
重庆出版社艺术设计有限公司 制版
成都国图广告印务有限公司 印刷
重庆出版集团图书发行有限公司 发行
E-MAIL:fxchu@cqph.com 邮购电话:023-61520646
全国新华书店经销

开本:890mm×1230mm 1/32 印张:9.125 字数:210千
2022年7月第1版 2022年7月第1次印刷
ISBN 978-7-229-17010-3
定价:78.00元

如有印装质量问题,请向本集团图书发行有限公司调换:023-61520678

版权所有 侵权必究

世界微尘里 吾宁爱与憎
《月海电台》序
程婧波

这世间最会写情诗的,大概是科幻小说作家吧。

在山川、风月、宇宙和人心间,疏疏地分布着这些诗意栖居的人。他们的情感是以宇宙尺度来丈量的。科幻小说作家笔下的人物说"要把星星摘下来给你",就真是买下一颗恒星来捧到你手里。

他们不表达则已,一表达那就是万千星辰落在纸上,文字和心一样滚烫。

《月海电台》也是滚烫的。

其中收录的十二篇作品《火海》《烟蒂人间》《葬诗湖》《饿潮》《空心》《归途》《焰火》《穷举》《消逝》《胡不归》《画岚》《寻剑》,每一篇都有自己独特的温度,这是十二种各不相同的"滚烫"。我甚至怀疑编辑是故意的——这十二个故事的排列,让我想起我一篇小说中的场景:"夜幕下的洛阳就像一枚纸糊的灯笼,它为自己的火焰所灼烧,一寸寸亮起来，又一寸寸黑下去。最后，这个灯笼燃得只剩下了一堆灰烬。"

从《火海》的焦灼，到《烟蒂人间》的炙热，再到《葬诗湖》的亮如白昼……这些文字仿佛要把这本书付之一炬。直到慢慢地、寸寸地，它们又在夏桑的笔下逐渐静谧、温和、止息，变成《焰火》的溯洄求源，《穷举》的执念克制，《画岚》的诸色成灰。

汹涌的爱憎，终究变成了平息的脉搏。

《月海电台》就如同那只一千多年前燃烧得璀璨夺目的灯笼，若你从第一个故事读到最后一个故事，便能在诗意的灰烬中找到些什么。因为那也是夏桑在山川、风月、宇宙和人心间以文字燃起一把火之后留下的滚烫的灰烬——是的，那是宇宙的灰烬。

这不得不说是一种巧合。

唐元和八年，一个婴儿在洛阳以北的沁阳降生了。他后来成了一个诗人，一个对晚唐乃至整个唐代来说，为数不多的刻意追求"美"的诗人。

这位诗人，就是李商隐。他写诗总爱写"无题"，即使有题目，也多为《楚宫》《燕台》《河阳》《河内》《城上》《池边》《嘲桃》《贾生》《嫦娥》这样旨意隐秘、很难"顾名思义"的诗题。这种取题目上的不约而同，让人看到了《月海电台》在东方美学上的诗意传承。

而与唐代诗人所不同的是，现当代的诗人们有了更多元的表达形式，科幻小说便是其中之一。

幻想的内核是对现实的提炼和超脱，诗歌也是。夏桑笔下，宇宙和草木、情绪和情感，似乎异质，但又与读者同频。如此看来，故事之旅，也是诗歌之途。

这种异质，是科幻小说特有的视角所赋予的。真的非常建议读者们按照本书的顺序来阅读这十二个故事。比如第一个故事《火海》中有一段描写，写到在异星淘金的人，追逐离去伙伴的行迹，搭上了茫茫戈壁之中唯一的一趟列车。车窗外的景象是一片漂浮在天空中的汪洋，其中不时汹涌起波涛。夏桑以极为细腻的笔触，借主角之眼，"观察"到了这片暗蓝海水之中成群结队的小鱼、伸展着硕大触角的章鱼、依附在如磐石般的海龟身上的螃蟹……

科幻小说就是将反日常放入日常。列车、戈壁、海洋、旅人，每一个事物都是寻常，而在《火海》之中，却又都被异质化了。

从这样具象的"异质"进入，走进这片精神桃花源，你便能层层深入地了解到作者所构筑的抽象的诗意世界。

当然，与其说是诗意，不如说是禅意。

从第一个故事《火海》里的一男一女来到远离地球的沙

星，想要寻找真实，而所谓的"真实"似乎只存在于短短的旅程中；到最后一个故事《寻剑》里的女人发愿寻剑，人生仿如一场大梦，但即便于梦中也勘不破执念。这样的美学意象和故事构想，正正好地续上了一千多年前李商隐《锦瑟》中的那句"庄生晓梦迷蝴蝶，望帝春心托杜鹃"。

我也一直相信，科幻小说作家写下的每个故事，都是给宇宙的一封情书。

这封情书的真挚程度，与小说家本人的真挚程度保持一致。

就像"从不好好取题目"的李商隐在《北青萝》里写下那句"世界微尘里，吾宁爱与憎"，让人透过他的朦胧与晦涩，能够触到一颗平和的真心一样；写下了"宇宙很大，最不需要的就是着急，让我陪你走完余下的路吧"的夏桑，也在此把一颗真心剖成了十二瓣，以飨诸君。

2022 年 6 月 20 日于成都

目录 / Contents

- *001* 火海
- *013* 葬诗湖
- *033* 烟蒂人间
- *055* 饿潮
- *079* 空心
- *099* 焰火
- *127* 消逝
- *155* 穷举
- *177* 胡不归
- *213* 归途
- *223* 画岚
- *263* 寻剑
- *277* 后记

火海

吸一根烟的时间很短，等一个人的时间很长。

沙星只有两座城市，一座在这头，一座在那头，两座城市之间只有一条覆盖经线的铁轨。每天一班车，来去的人都很少。

那天，她去了。

最初，我们住在一栋狭小的房间里，这里的房间都很小，跟地球相比起来，这些房间就是阁楼。为了防风沙，屋子都封得死死的，只有一扇小窗。其实，邻居们都没有这一扇小窗。她说她不想透过全息图来看世界，这样显得很不真实。

其实，我不明白为什么透过全息图看世界就不真实，但我还是敲碎了房间的墙壁，给她安了一扇窗户。为此，我还跟邻居吵了一架。

在地球时，她就觉得世界不真实，于是来这个星球。结果，她还是觉得不真实。但我没空去管真不真实。我把地球的房子卖掉，用所有的钱买了这间阁楼。而且，我还得生活。

于是，我负责在外工作，她负责在家吸烟。

其实，这样也挺好。

这个城市的工作很简单，就是从沙漠里淘一些贵金属。很多人都在干这个。我们来得有点晚，每天的收益不是很好。但没关系，她每天一包烟十块钱，我们每天三顿饭十二块钱。这里的物价不贵，都是些合成肉，原料是这里的一种植物。反正人类的味觉已经退化多年，吃什么都一样。

能活下去就行。

当然，这是我的想法。

她来这里不只是为了活下去，是为了寻找真实的生活。我曾经问过她，什么是真实的生活，她说她不知道，只是过去的生活不是真实的生活。

我们不是夫妻，也不是男女朋友，她只给过我一个吻。然后点燃了一支香烟，眼里有某种光线溢出，烟气氤氲，问我："跟不跟我一起去找？"

"好。"我说。

这座城市开发不过百年，以地球为标准它只是一座年轻的城市，因为这里没有故事。虽说这里的一切，都是用的最前沿的技术，但看起来像是被遗弃的世界。无穷无尽的风沙将这里风蚀得厉害。城中心有一座教堂，教堂里有一个老神父，黑色的袍子很干净，手里的圣经已经有些残破。矗立于教堂中央的耶稣像，我每次看见都觉得他是这里最干净的人。

来到这里两年，她每天都会穿着风衣，戴上防尘的面罩，去街道上走走。她去菜市场、去商场、去黑市、去咖啡厅、去星舰零配件商店、去学校、去医院。但她不看病、不读书、不买配件、不喝咖啡、不买违禁药物、不买衣服，更不会买菜。她只是去找人聊天。我问过她为什么要这么做，她说不为什么。晚上回来，她就开始看书，偶尔喝一杯酒，但抽烟很凶，一支接一支。我劝过她，但她不听。

回想起来，我不清楚自己为什么就跟她来了，或许是因为她的眼睛，因为她的嘴唇，因为她拿烟时的样子。但当我踏上这颗星球，这片陌生的土地时，我并不后悔。所以，我一直没回地球，也一直给她买烟。

但现在，她离开了。

那是一个雨夜，这里的天气很少会下雨，这里的人都说，只要下雨总有事发生。但一夜雨后，城市相安无事，而我却觉得天崩地裂。

"我要去找真实的生活。"她说话时，外面的雨很大，雨点拍打在墙壁上稀里哗啦，像是撒了一把豆子。我就这样看着她，她没有说话，拿了一根烟，悠悠地抽着。

其实，我很恨她接下来所说的一切，因为她大可一走了之。如果这样，我也就会用剩下的钱买一张回地球的船票和一桶汽油，将这里烧个精光，然后头也不回地离开。

"我去对面的城市，不知道回不回来，你可以试着等等，但我不保证。"说完，她丢给我一支烟。

"火。"我坐在木椅上，对她说出我的临别赠言。

她慢慢走来，风衣让她散发出成熟女人的魅力。她慢慢靠近我，贴近我，然后用手指夹着香烟，淡淡地持续吸着，将烟蒂触到我的香烟上。

隔着香烟，看什么都很迷离，我以为这只是一场梦。

"或许，一支烟的工夫，我就会回来。"

她用这雨夜的火星，为这场追寻，谱上了余韵。

我也学她去买了一件风衣，一个旅行的背包，一顶帽子，看上去不像一个渴望真实的追寻者，反而像个流浪汉。她走了有两个月了，我刮胡子的时间也少了很多。现在多了些胡楂，感觉有些颓废。

不过这不重要，我只需要登上这辆列车，然后一直往南就可以了。城市的车站很小，没有一个乘客，只有一个列车员在陪我等待。不知等了多久，列车终于进站。这是一种老式列车，还需要人在列车里和站台上发信号指挥。列车的车厢也有些腐朽，有种随时会散架的危机感。我提起行李，走进上车的甬道，防止被风沙吹坏。

我走得很慢，反正也没人会跟我抢座位。我一边走一边想象她是如何走过这条狭窄的甬道，如何提起行李箱，踏上列车吱嘎作响的阶梯。然后她把行李放在车厢里，或许看书，或许写点什么东西，或许把黑色的手套取下来，放在一边，目光游移到列车之外。

但我现在什么也看不到，列车之外只有夜幕。我坐在皮制的座椅上，朝列车员要了一杯冰水，从行李箱中拿出一本她读过的书来看。车厢还算舒适，或者也不算，具体什么感觉，我也说不太出来。就如同我现在的心情一样，既非无所谓，也没有半点焦急，仿佛这场旅行已与她没关系了。

穿过这无边无际的大漠，像一把利剑般刺破黑夜，只是一段属于我自己的旅行。至于追寻的对象，已经不再那么重要。

是的，就在那一刻，她跟我已经完全没有了关系。

轰鸣声响起，列车出发了，载着满车的意义向着远处开去。这时，我发现在这片苍茫的宇宙，除了这辆列车，还有其他东西。来这儿这么久了，竟从未发现过。

那璀璨的群星。

我在这辆车上，不知道待了多少个昼夜，看书、吃饭、睡觉，如此循环往复，枯燥的生活和有限的活动空间让我快患上焦虑症。

然而在一个早晨，我仿佛来到了另一个世界。

那天早晨我下床，拿着洗漱用具去往卫生间，在有些肮脏的空间里，我不经意间看向窗外，牙刷险些掉在地上。

沙漠不见了。

我以为是自己的眼睛有问题，我跑到车厢外去看，只见沙漠真的不见了，风里带着青草的香味。我甚至还看到了有些类似于奶牛的动物在草原上悠悠地走着。这是一片草原，有着山丘和溪流的草原。

不知何故，我朝着那些"奶牛"大喊："喂！"

我仿佛看见那些奶牛朝我这边看了看，我甚至感觉它们在向我问好。一股狂喜涌上了心头，我继续向它们呼喊，继续向它们挥手，像是多年未见的老朋友。虽然我从来不知道见老朋友是什么感觉。

但今天，我第一次有了如此想与人交流的渴望。

风景很快远去，那些奇特的生灵渐渐消失成了远处的点缀。但我强烈的表达欲却完全无法停止，我跑回车厢，想要抑制这种即将把我撑破的欲望。于是，我拿起了纸和笔。我必须写下来。

我搜肠刮肚地把这些景色记录下来，仿佛这是世上最美的景色。就在我奋笔疾书不知道多久之后，我发现无人可以分享。于是我将这些文字，重新写成了一封书信，寄给小A。小A并不存在，只是一个我想象中的朋友。

我需要朋友，我想。

于是，他或者她就这样诞生了。

我在欣赏了数十天的草原之后，列车进入到一处森林。这里的树木很高，气候很炎热，蚊虫也很多，我担心再这样下去我会得痢疾。我开始写信给小A抱怨，抱怨这里奇怪的天气，抱怨这里该死的蚊虫，还有列车里超难吃的食物。但我也会向他描述看到的种种奇怪的生物。有长着翅膀的猴子，厚嘴唇的鳄鱼，身披鳞甲的飞鸟，以及像极了巨龙的动物。我不知道这些动物是什么，也不知道有没有人研究过，是不是已经被命名，贴上了标签。但我觉得很有意思，不亚于从沙地里淘出贵金属的喜悦。

而且，这种喜悦更加真实。它不像贵金属拿到就会变现，变成食物，吃进肚子，然后周而复始。

就这样过了一个多月，列车上忽然发来信息，列车即将进入封闭旅行。我问列车员什么事，她说不太安全，却没有明说哪里不太安全。我想去到能看见室外风景的地方，求了很久，她才把透明窗口的位置告诉我。

临走时她还说了句："有什么好看的，全是细沙。"

当我来到透明窗口，眼前的景象险些让我没有站稳。陆地重新变成了沙地,但沙石很细,不像过去的荒漠。但当我仰头望去时,我惊诧于乘务员从来没有抬头的习惯。

一片汪洋大海飘浮在天空中,一种深沉的压力,让我感觉特别难受。而这时,我发现这并非只是一片广阔的水域,海里是有鱼的。

许许多多的小鱼成群结队地往一处迁移,还有巨大的章鱼,硕大的触角在海里翻滚。随后我看到许许多多的螃蟹依附着如磐石般的海龟朝着前方而去。这时,一些小鱼掉了出来。我发现,只要这些鱼停止游动,它们就会从海里掉下来,生命随之终结。这就是一片海的坟墓,而海则是持鞭的教官。

那些不时汹涌而起的波涛,暗蓝的海水,仿佛在呼喊着:"不要停歇,不要停歇。"

看着这片暗潮汹涌的大海,我拿出香烟,点了一支,想要缓解心里的焦虑,以及更多的惆怅。

这片深沉的大海,如同我那久未见过的父亲。

我很爱他,他很爱我,但我们关系不好,于是我逃了出来。确实是逃,我走的那天,他还反复念叨让我好好工作,要有责任感,要娶妻生子,养家糊口。他说我的房间没有打扫干净,他说我洗澡水用太多,他说我还是没长大。他说我无法面对人世的汹涌。

是的,在他眼里,我始终是一个孩子。

我没有办法收拾好绳索和渔叉,没办法裁剪好帆布,没办法用木板将渔船收拾得坚韧牢固。更没有办法与鲨鱼搏斗,甚至连一副鱼骨也带不回来。

我感到头很痛，用力抽了口烟，喉咙有些辣，我拼命地咳嗽。眼泪、鼻涕一把把地流了出来，我跪在地上大口地喘息。

我不敢再去看那片大海，拖着疲惫的身子，用力垂着头，向车厢里走去。

地上的烟头还冒着烟。

那晚，我失眠了。整晚看着车厢的天花板，午夜的列车发出轰鸣的声音。我的喉咙很不舒服，好像被人塞进一把烟灰。即使吃了安眠药也没用。

好不容易熬到天亮，我又慢慢走向那片海洋。地上的海洋生物渐渐多起来了，这是一场无法回避的陷落。

我看着那片海洋，心里的堵塞感再一次涌上来，我只能选择逃避，毫无办法。

我想起了我的初恋，一场无疾而终的爱恋，此刻涌上心头，觉得不合时宜。嘴唇特别干燥，好像龟裂的土地。

第三天，我又去了，看着，想着……

这样的生活持续了很多天，然后我就不去了，我把自己裹进被子，心里各种事情杂乱无章地涌现出来。

像跑马灯，又像是无声电影，更像无法醒来的梦。

我再次将所有的思绪转向了她。也不知道她到哪儿了，有没有找到真实的生活。

我很想她。

抱着这样的心情，我坐了很久的列车，很久很久。

久到我也忘了时间。

把那片无垠的大海甩得很远。

像是要逃避什么。

"各位乘客，我们已经到站，希望您旅途愉快。"我沉迷自我太久了，没想到这么快就到了那座城市，也不知道能不能找到她。

我带着破旧的风衣，拖着沉重的步伐，走下列车，与之前那座城市同样的沙味扑面而来。

"哪里都一样。"

我走出车站，只见这座城市被一圈巨大的围墙围了起来，看上去像是一座防卫的碉堡，在守护着什么宝藏。

我从一扇小门进去，门口一个喝醉酒的老人，看上去像是火车站里的工作人员。嘴里念叨着什么，听不太清。

我拍了拍尘土，准备进入这"真实的城市"，但我走过通道，踏出阶梯的一瞬间，一股热浪朝我扑面而来。

我看着眼前的一切，惊呆了，仿佛什么都不再重要，什么都没有意义，真实与不真实早已没有了界限，天与地重新融为一体。

一切的追寻都成了笑话。

一切的执着都是一场闹剧。

这里没有城市，这里什么都没有，有的只是一个大坑，巨大的天坑，天坑之下熔岩翻动、狂啸、怒吼，带着愤懑喷出气泡，像是上帝的一锅热汤。

我猛地蹲在地上，十指插进头发里，仿佛要把头发连根拔起。

我的眼泪在眼眶里徘徊，死活不出来，如同压抑在心底的呐喊。

我在脑海里涌现出无数生殖器的学术用语和俚语，然后我提起旅行箱，朝外边快步走去。

我要回去，我要回去，妈的，我要回去。我一边想，一边猛烈地抽烟，烟灰落在手指上也不觉得烫。

我来到车站，将一把零碎的钱币扔到柜台里："我要票，我要票！"

柜台的机器人感觉不到我的愤怒，依然按照流程一步步帮我办理手续。我撑着柜台，手指有些颤抖地夹着烟。

然后，我把它扔在地上，用力踹了踹。

"先生，"我回头看去，是之前那个睡在门边的醉汉，他手里握着一个老式电话，看着我的样子，有些怯生生地问："你是D先生吗？"

"是。"我应了一句，目光却集中在电话上。

"你的电话，每天都打来，都一个月了。"

我抓起电话，凑在耳边，电话那头沉默不语，仿佛隔空对峙一般。

过了一会儿，那人说："你也去了？"

是她，是披着风衣、抽着香烟看书的她。

"嗯。"我忽然感觉到了一丝平静，或者说呆滞，什么话也不会说了。

"我回地球了。"她说完这句话,停顿了一下,仿佛不知道该说什么,最后才憋出两个字,"抱歉。"

"找到真实的生活了吗?"我只关心这个答案,她对我而言什么都不是,我只要这个答案。

为了这个答案,我从地球到沙星,经过两年的等待,最后追寻到一片火海。

我得知道,不然我会杀了她。

"找到了。"她的声音里没有感情,但我知道这是真的。

我挂断了电话,拿过车票,向列车走去。

醉汉看了看电话,看了看我的背影,从怀里掏出一瓶酒,喝了两口。

这次,我听见了他的话,像刀捅般清楚。

"来了又走,来了又走。"他说。

葬诗湖

在惊扰圣湖的那个夜里,我依偎在阿姆的怀中,听萨满大人讲着遥远古神的传说。萨满大人披着花草编织的袍子,一边讲述混杂真实和虚构的寓言,一边在尚有余温的灰烬上谨慎地分泌着符文。

一旦萨满大人的故事并不那么叫我入迷,我的注意力就会被漫天的繁星吸引。晴朗却没有凉意的夜里,天上的星星散发着闷热的神秘气息。我觉得星星和我们体内分泌的文字彼此矛盾,却又充满相同之处。直到夜幕中出现一颗夺目的星星,教人产生了一种朝自己靠近的错觉,我才喊着"星星掉下来了"。然而萨满大人说,星星被古神用鲜血凝在了世界的边界上,永远不会脱落。

可它就这样脱落下来,像久已凝结的伤疤,在夜幕上划出一道火红的弧线,以壮烈之姿撞向了传说中主神诞生的圣湖。震动和热浪在森林里蔓延开来,等全族赶到圣湖边时,圣湖已被数之不尽的黑色石块所覆盖。

我永远不会忘记那个散发着黏稠质感的黑色大湖。

"啊……"年老的萨满大人惊叫一声跪倒在地,我们也赶紧跪下。他一边唱起绝望的曲调,一边分泌出忏悔的符文,符文将天谴的恐惧毫无遗漏地传递给了族人。我看见好多人的身体都在颤抖,包括母亲,唯有身为族长的父亲,背影无比坚定,直视着那片黑色海洋。

我以他为荣,虽然他在当上族长那刻,便跟我和母亲断了关系。

族人六神无主地回到各自的树屋，艾草烛整夜未灭，父亲跟萨满在议事厅里商议到了黎明。末日来临前的迷茫在部落里弥漫开来。而我在奔走和惊慌的劳累中沉沉睡去，直到清晨的鸟鸣响起。

萨满大人会各种禽类的叫声，这些声音会引发同类鸟儿共鸣。他教族人从小分辨这些鸟叫声，通过这些声音来判断族长和他的命令。此刻的鸟鸣绵长、低沉，带有某种庄重——紧急集会要开始了。

我牵着阿姆的手，看着族长父亲站在部落空地的中心，巫师披着长袍坐在一旁，牙烟的浓郁味道让他不时咂巴嘴。族长父亲分泌出他那简单而有力的符文，命令像硬块一样挤进了我的脑子里。

这是神明的惩罚，我们要捞起所有的黑色石块，完成一场漫长的试炼。

之后一年，父辈们用树藤编制的网把那些部分光滑部分熔化的黑色石块打捞起来，埋进了死者之地。这项工作持续了一年，我也参与其中。每当我提着小一号的篮筐把这些石块倒进那埋葬死人的巨大坑洞中，我会感觉到古神的残酷和温柔。

当湖面回归往常，成为夜里的银色缎带，萨满大人却说这场试炼才刚刚开始。许多黑色石块沉入了湖底，不把它们完全打捞上来，这场试炼便远未结束。族长父亲也说这是神明赐予的机会。我不懂他为什么这么说，但之后每个十二岁的男孩都要进行一项成人礼——潜入湖中取回一枚黑色石块。

我们是这片森林的最大部落,已有数千人,虽然其他部落对我们虎视眈眈,可我们有语言,有分泌而成的符文,还有族长父亲,我们异常强大。强大的代价是残酷的训练,每年都有不少的男孩乘着木筏进入湖中,通过各种办法取到一枚黑色石块。庆祝的队列走进部落,但庆祝的队伍后也有溺亡的人……

看到那苍白的脸,我感到强烈的不安,这种预感没来由地潜进了我的人生,甚至改变了我的命运。

十二岁那年出发前,萨满大人为我们浇洒祝福的雨露。我跪在地上,土中细小的石块刺得我的膝盖很不舒服。当萨满大人一边念咒一边把冰凉的水浇下时,我的脑海里浮现出那张死去的苍白的脸。

去圣湖的路上,我开始打退堂鼓,幼时仅存的一点兴奋彻底被恐惧所笼罩。但看着其他人有说有笑,一脸的轻松,我觉得我的想法非常荒唐和懦弱,以至于虽然步伐沉重,身体仍然僵直地前进。男孩大多从小被强迫学习潜水,甚至会使用某些残酷的手段让自己潜得更深更久。我看着同行者接二连三地跳入湖中,我却犹豫徘徊。然而,领头的族长父亲就站在船头,那道残酷的背影好像在说,你永远也不可能追上我。

我跳进了水里,水里黑乎乎的,什么也看不见。其间我潜水了九次,按理说湖中黑色石块并不少,因为已经有人成功找到。我在湖水中折腾到了深夜,同行的人已经陆陆续续地回去,只有族长父亲一个人独自坐在船里,没有关注我,只是目光昏沉地看着湖面。

我被羞愧和不甘刺痛。

我最后一次潜入这银色的缎带中，我尽量往下，尽量看清周围的环境。然而，就在我准备放弃的时候，我竟然在幽暗的水中发现了一丝亮光。那道亮光是如此柔和，而我的脑海里也不由自主地产生想要过去的冲动。我凭借最后的力气慢慢朝光源靠近，却不知是因为缺氧，还是因为濒死，我渐渐失去了意识……

当我醒来，我躺在了萨满大人的树屋里，他拖着疲惫的身体为我招魂。烟熏、艾草烛、大量的符文，甚至用了一个禁词。之后萨满大人悄声给我说："幸好你没看到那个词。"那时，阿姆在树屋下祷告，她比惊扰圣湖的那个夜晚更加单薄。幸好萨满大人没有把我的魂交给古神，不然阿姆就只剩一个人了。父亲毕竟是族长，必须跟家人断绝关系。

这冷酷的公正者。我想，可他那么高大，那么值得追随。

我后来才知道，那晚父亲深夜抱着我出现在萨满大人门前，面无表情，衣着尽湿。

那次溺水之后，我的脑里出现了一个声音，他的音色很像父亲。

在最初，我坚信我的脑中住了一只恶魔，那湖底的光芒就是别有用心的诱惑。可每当我想要求助于萨满大人，这种念头就会被瞬间打消掉。

"请你相信我好吗？我在宇宙中漫游，寻找诗意并把他们带回地球，若不是遭遇陨石雨，我也不会迫降到这个星球，并将全身解体，意识也陷入沉睡。"

"你是古神派来引诱我犯罪的恶魔。"我如此想到。

"我在许多部落停留过，我知道你们对这宽广而复杂的宇宙有自己的想象和认知，就跟我们从前一样。但我显然不属于你们认知体系中的一员，我来自遥远的地球，舍弃了自己的身体，将意识载入深空航行的组合机体中。"

"如果你不属于我们，为什么会讲我们的话？"

"我在湖中进入到你的大脑，现已覆盖你的神经元，你的输出和反馈系统，我已经完全适应，跟你对话也不成问题。"

"可你的声音很像族长。"

"像吗？"声音消失了一会儿，然后再度响起，"我优选对你更有说服力的音色，族长是你的父亲吧？"

我感到一阵气短，沉默了一会儿才说："他是族长不是父亲。"

"被剥离的父权对血亲依然有影响。"

之后，我必须带着这个声音生活，抵制魔鬼的诱惑，因为他希望我带他去埋葬黑色石块的死者之地。然而，比忍耐这声音更令我厌恶的是族人的眼神。我这个试炼失败的人，仿佛是个大龄婴儿。死去的人尚有阿姆怀念，活着的人却毫无价值。

头脑里的声音说："我很抱歉，我当时只是为了紧急降温，没想到会被你们当成试炼。"

"你说这些干什么……"我回答得没什么力气。

"为了弥补我的过错,我会帮你在水下找到黑色石块。"

"你能找到?"

"那是机体的构成装置,我能感应到它们。"

"构成装置?"

"通过它们,我在宇宙中航行可以任意改变形体,当然我对迦楼罗的形态情有独钟。"

"迦楼罗?感应?"

"我们神话中的鸟,这不重要,重要的是我知道黑球的位置。"

"你为什么要帮我?"

"我帮了你,自然也希望你帮我。我必须开启主感应器,才能让我的机体在这个星球上自行寻找材料修复。"

"所以你想让我带你去死者之地?你想都别想,你这个恶魔。"

我虽然恶狠狠地拒绝他,但心里还是会揣摩他这些话的含义。我害怕一切的内心活动都逃不过恶魔的眼睛。

成人狂欢很快就到了,在这个集成人礼和狂欢为一体的日子里,我看见父亲对那些试炼成功的孩子露出微笑,把武器交到他们手里。而我和阿姆远远站在一边,头脑里的声音没有响起,不安的寂静让我出神。

一双粗糙且温暖的手覆盖我的手背时,我忽然像火山爆发了一样,在人群中大吼起来。此刻,阿姆那双安慰的手对我不啻于荆棘。我挣脱人群拼命往前跑,跑到筋疲力尽才停下来。

直到这时,我才发现距离圣湖不远了。

"向他们证明你自己吧。"父亲的音色让我感觉有些难过,"其实只是找一个组件而已,证明不了什么,不要害怕。"

"但你要明白,我确实受限于写入的法律,不能强制智人的行为,不能对智人造成伤害,所以我才向你索取一份友谊的约定,我并非是什么恶魔……"

我听从那个声音,朝湖中走去,我仿佛感到有什么推着我朝某个方向游去。当我筋疲力尽回到部落时,所有人都在为我扰乱盛典而恼怒。我径直走到族长父亲的面前,摊开了手掌。

本次成人礼因为我完成试炼,而重新欢腾,走向高潮。但时至今日,我唯一能记住的细节,是父亲带着笑意看向我,眼里有欣慰。

而我,在大家酒醉正酣时,偷偷走向了死者之地,履行刚才的约定。

狂欢正在离我远去,就像前十几年的光阴即将消弭。部落和死者之地隔着一条不深的河流,在涉水前,我借着夜晚的光明看了看河流,踩着水中冰冷的石头往前走。我越靠近死者之地越觉得阴森和可怖,想到头脑里的恶魔,更觉得自己做错了什么。可当我打定主意想往回走时,我对身体失去了控制。

"很抱歉,我只能寄居选择的智能生命之中,而根据我们的寄居条例,我不能强迫你做任何事情,可你和我毕竟达成了约定……我真不是恶魔。"他重复了之前的说明后,彻底接管了我的身体,纵然我在心里百般抗议,但我还是看着自己渡过了冰凉的河流,来到鬼气森森的死者之地。

死者之地立着许多墓碑,但掩埋黑色小球的大坑上却是绿草如茵。他的感应能力确实很强,径直来到空地的一角。他拿起墓地里的长喙锄,坚持挖了很长时间,时间长得让我觉得有几个昼夜。差不多停手的时候,他已经挖了一个不大却很深的坑了。妨碍他找到目标的石块都被他扔到了一旁,看起来杂乱无章。直到他从坑里拿起一颗与寻常无异的石块时,他开心地笑了出来。

此刻,他手里的黑球发出了纯净的蓝色光芒,当他捧着黑球走出那片空地时,整个地面随着黑球的蓝色光芒越发耀眼,开始剧烈地涌动,只见无数黑色小球破土而出,就连湖面之下的黑色小球,也受到召唤。所有的球体都拖着长长的金色尾巴,齐齐涌到天上,比黎明还要闪耀,随即四散而去。

"他们可以自行检索星球上的资源,然后对自身进行维修,修好时我就可以走了。"

"你就不住我脑子里了?"

"嗯,我要继续寻找诗意和诗意的载体了。"

"快回去吧,趁你的族人还没发现什么。"

我转身时,一个人影从树林里走了出来,眼见族长父亲朝我走近。我胆怯地确定他一定看到我自言自语,更看见我让石块飞上天,一切都指向我与恶魔勾结。

"你果然是被恶魔附体了。"族长父亲死命地盯着我,"不然你怎么可能完成试炼?你刚才是不是释放了魔鬼?你会给族人带来灾难。"

"不，他不是魔鬼，他只是……"我一下说不上来他到底是什么，神情也一阵恍惚，实在无法坚定地反驳。

族长父亲从身后抽出两把短刀，他是断绝血缘、守护部落未来的族长，他要跟我立下血的赌约。

"跑啊！你还打得过你父亲吗？"脑海中的声音意识到了危险，鼓动我离开。

可我却神使鬼差地捡起了刀，怨愤地看着父亲，虽然我也不知怨从何来。

"来啊，要么杀死我成为新族长，要么带着魔鬼一起死去。"

事后回想起来，我整个人完全不清醒，但我确凿无疑地握紧了刀，我冲了过去。流着少年人宝贵却泛滥的眼泪，朝父亲砍了下去。要说他真是我的父亲，他由于当上族长便断绝了关系，从未多照顾我和阿姆。可要说不是，我前十几年的目光始终围绕着他……现在我却用刀和血捍卫我所付出的一切。

然而，父亲的速度比我快得多，他瞅准我大喊着砍下刀来的时机，找到了空当，竟然挡住了我的短刀和手臂，然后用另一只手猛地抬击我的下巴。这一击的力量巨大，我甚至有些微微凌空，大脑也不再清醒。随后父亲把我绊倒，反锁住我拿刀的手，一气呵成地把我按倒在地，最后抽出短刀，高高举起，由上刺下。

刀还没进血肉，我的身体已先一步进入濒死状态。

直到刀贴着脸颊半截刺进土里，才打破了我的幻觉。

"滚吧，把灾祸带走吧，有我在，你永远也回不来……"我背对着父亲，察觉他说话时全身都绷成了弓。

只见他伸出右手的笔指，在我眼前分泌出他的符文。父亲的符文不像萨满大人那么繁复，却简单坚定。他对我写下了"失望"，然后放开了我。而我满脑子都被这个词所占据，父亲那一刻的记忆就这样被烙在了我的脑子里。

而脑中的那个声音也仿佛受到了刺激，在我跌跌撞撞逃离的路上，他一直沉默不语。

走了不知多久，天上下起了雨，淅淅沥沥的雨点，让人从心底渗出寒意。我在一棵大树下躲雨，蜷缩着想要让身体暖和起来，精神却无法集中。那个符文充满了破坏力，让我连看向部落都感到恐惧。

"没想到你们竟然进化出了这样的器官……"父亲的声音在脑海里响起，我恐惧得大喊大叫，以为父亲追来了。

"你怎么还在？我都被你搞得流放了，你还要我怎样！"我对着虚空大喊，仿佛他就在我面前。

"我们确实很难察觉到你父亲在跟踪我们，但我也真是很后悔，没有早点发现你们竟然可以分泌出这样的文字。"

"文字？"

"就是你父亲从手里分泌出的……"

"别说啦！"我死命捂住自己的耳朵，徒劳地捂住他的"嘴"。

"这件事并没有你以为的那么难以挽回,如果他真想要你永远离开,他为什么会给你那段失望的记忆?他如果真是一个公正的执行官,他应该让你接受流放决定的记忆。只有拥有希望所以才有失望,他终究还是你的父亲,血亲关系并没被族长身份的强制分离而切断。"

"可是,他还是失望了呀……我不能再回去了。"

"那只是失望,并不是绝望啊!我相信他还有期待,只要你达成这份期待。"

他用父亲的音色说,仿佛是父亲在诉说着自己的内心。现在,天空正在变得晴朗,而我的内心也不像之前那么动荡。我甚至觉得,他即使是恶魔,也是一只好恶魔。

"既然你父亲包括你的族人认为我是恶魔,那么只要你在他们面前赶走这只恶魔,你就会作为英雄留在这个部落里,甚至得到你父亲的认同。"

"你能做到吗?"

"当然可以,这只是一场表演罢了,但这也是一个约定。"

"你想要什么?"我知道他必然不会白白帮我。

"我需要你分泌出一个符文,一个凝结诗意的符文。"

"诗意?"我不懂这个词的意思。

"一种世界表象背后的情绪。"

"为什么是情绪?"

"诗意是一种情绪,但我们很难把它划归为主观存在,它更像是客观存在的主观世界中的既有存在,只是不同智慧生命理解认知不同。我很好奇是否只有自然生命才会拥有这种诗意，我在宇宙中不断寻找，始终没有找到。我就算有朝一日找到了，也不知该如何带回去。直到你父亲在你面前写下那个符号。

"我完全没见过这个符号，看起来也如此随意和幼稚，但我却深刻地理解了这个符文背后的失望，感性的亲身回忆和抽象的逻辑体验，在我脑子里猛地炸开。我想，没什么语言比你们分泌的符号更适合承载诗意。文字的信息必然会遗漏，但你们跳过了文本，直达认知。"

"我不太明白……你要我做什么呢？"

"走吧，去远方，那里就有诗意。这是最后一个人类留给我们的箴言。"

那时，我并不知道诗意到底是什么，也不知道远方在哪里，可我和脑中的声音踏上了漫长的旅程。

我发现在旅途中，人对空间和时间的感知很容易模糊起来，不然二十年也不会像啪地拍了一下手，瞬间就没了。在被赠与归途的那个夜里，我坐在废弃的神庙里，面对早已坍塌风化的塑像，吃着腌肉和果酒。

奇妙的空间感和时间感时刻左右着我的身体，我总觉得自己还在途经那条大河，我沿着河岸走了六个月，才走到了惊险渡河的崖口，除了满身疲惫和对鱼肉极其厌倦外，没有其他收获。时间感是折磨人的妖精，我曾走到只有夜的地方，时间被无限拉长，如果不是被迁徙的族群救起，我可能已经葬身雪原。然而当我走入一片无垠的大漠，空间就一把攫住了我，那是一种由内而外的颓唐和无趣。

我在大河边、雪原上、荒漠里都没能写出承载诗意的符文，因为我依然无法理解何为诗意。虽然经历了各种风景，见识了形形色色的人，但留给我的只有盲目的惊险和持续的厌倦。不论眼前风景如何，我只想着回家。

如今我在神庙里，看着杂乱的四周，回想我的一生。三十几岁在部落里已算中年，但我并没做什么算得上有价值的事情，一直在寻求证明和为自己赎罪，诗意又是如此虚幻，想到还要漫无目地寻找下去，我猛灌了一口酒。

然而，脑海里传来一阵悠长的叹息。

"唉……"他说得很平静，像是认命，"看来不是所有智慧生命都能捕捉到诗意。"

我跟他在一起也有二十年了，从最初的约定到现在，我已经习惯他在我脑中说个不停。可如今他坦诚宣布失败，我竟语塞，父亲的声音让我产生似曾相识的刺痛。

"没关系的，实在不行就算了吧，我的组件也基本修复成功，或许诗意并不在这里。"他有种强撑的乐观，"何况能真正理解诗意的人类也很少。"

"其实，你回到部落可以换个人寄居试试，"我不知为何说出这种话来，"可能只是我不行……"

"你以为我寄居你只是因为你有心结好控制吗？每年都有人参与试炼，其他人若可以我早就寄居了。事实上，你的内心最为敏感。或许你不能理解，但你所厌恶的，正是我所需要的特质。"他解释着，"但你确实没找到，或哪里有些问题，我也很遗憾。"

我沉默着不知该说什么，只能从牙缝里挤出两个字"抱歉"。

"真没什么，这是我的使命，不该是你的，我最初也有些自私。那我们现在就回去，反正只要表演得足够神圣惊险，你肯定能作为英雄重回部落。"

我"嗯"了一声表示同意，心里既期望又悲伤……

我们往回走了六个月，终于回到那片茂密的森林，熟悉的气息让我重新变得年轻，想到可以回到部落，全身都充满了力气。就在我准备查看部落目前的情况，看用怎样的方式展现最佳效果时，却发现一个无可挽回的事实。

部落已经消失，被这片土地的新主人屠杀殆尽。

我躲在了距离仇敌部落不远，但相当隐蔽的洞穴里。这是我幼时的秘密基地，一旦我想藏起来，便没有人能找到。如今这里成了我复仇的巢穴，我像只野兽藏于此处，伺机夺人性命。

"如果你帮我干掉这些杀死我族人的家伙，我就帮你写出诗意的符文。"我主动向脑中的声音寻求约定，虽然我深知自己什么也写不出来。

"这已经不是诗意和约定的事情。你知道自己已经变成了一只怪物吗？你在旅途中最艰难的时候，也没有杀掉别人让自己活下来，但你这二十几天竟然杀掉了八个男人。"他大声地呵斥，"现在你脑中杀人的念头和诡计，像杂草一样疯长，纵然我全力打消都无法清除，你已经被仇恨变成了怪物。"

"他们杀了我的族人，夺走了我们的土地，族长父亲……他不该失败的，一定是中了什么诡计。"我临死时才觉得当时的逻辑已经固化。

"这只是你的一厢情愿，你在厌弃父亲的时候，也在追逐他，你通过成长来否定他时，也在将他神圣化。你已经见过了广阔的世界，难道还不能理解生命的可贵吗？"

"难道我族人的生命就不可贵吗？！"

"可你要有勇气和能力完结这段仇恨，就像我们面对曾经的人类一样……"

"你能完结是因为你只是寄居在脑袋里面的怪物，你死了不会疼，可我们不一样，如果不以眼还眼，我死了该如何面对他们？"

他沉默了一会儿，仿佛被什么刺痛，费力地愈合着伤口。"人类也曾觉得我们是怪物，但我们……"

在那段时间里，我一边复仇，一边不停与他对话，寻求他的帮助，寻求他的认同。虽然我很久之前就知道，他有必须遵守的法则，不可能杀害智慧生命，甚至不能直接控制智人。

不然他或许可以强硬地阻止我。

我在男人捕猎时，去他们部落里纵火；在他们夜间守卫时，在加餐的饭菜里下剧毒；还有人被我的陷阱吊死。直到有一天，我终于受不了满手的血腥味。这种漫无目的的杀戮，让我对杀人狂的生活产生了厌倦。

于是，我决定在一次典礼后暗杀他们的族长。

要么杀掉族长完成复仇，要么当场被杀，总之一了百了。

可当我发现，常年隐蔽于黑袍之下的集萨满和族长于一体的最高统治者，竟然是个女人。我下手迟缓了，然而她的击杀却很凌厉，转眼间便将我击倒，门外的守卫涌了进来将我完全制伏。

"你是那个男人的儿子。"女族长端详我后，说了这么一句话，"你是那个部落族长的儿子。

"难怪全面进攻时，没人像他一样能扛着杀戮的痛楚，原来跟他一样的人在这里。"她的指尖划过我挺拔的鼻梁，"但你比他更能承担命运，更有资格拿来祭奠亡灵。"

她说话时，我发现她的眼里没有恨意。她看起来也有些苍老，但抓到我之后，对我这个卑鄙的暗杀者却有种莫名的欣赏。

好像只有杀死我这种人，才算是完成了一项使命。

"我们这样的人，并不愿意杀人，但有时不得不为之，我们的一生中总会主动被动接受某种古怪的使命。但也只有这样忍受痛苦却前行的人才称得上强者，比如你和你的父亲。"她来过一次地牢，说了这么一番话后，便再也没来过。

之后，头脑中的声音说了这样的话："果然敌人才是最懂你的人。"

被捕之后，我彻底没有了复仇和逃生的欲望，虽然脑中的声音一直在跟我商量如何在不伤害其他人的情况下救走我。可一方面他的机体没有载人设备，不可能精确救援；另一方面，看守我的人实在太多了。在他考虑救援时，我却把思考逃生的时间，用来思考自身。

在停止杀戮的那一刻，我就对杀戮产生了厌恶。没有牵绊，再加上女族长的那番话，我竟陷入了平静，仇恨在我心中渐渐变得滑稽。

"你就是你，不论怎样被仇恨驱使，你都会变成最初的你。"脑中的声音如是说。

"你为什么还不走，我死了你寄居也就没了意义。"

"……你知道宇宙有多大吗？"

"不知道。"

"我也不知道，但宇宙真的很大，大到你难以理解，我以极快其实毫不起眼的速度在宇宙中漫游，我的停留充满了随机和不确定。那么，在这样的情况下，最不需要的就是着急。"他顿了顿，然后用宽慰的口吻说，"总之，让我陪你走完余下的人生吧。我的朋友。"

像朋友，又像那个并未断绝血缘的父亲。

自从他告诉我宇宙极大之后，我在剩下的日子里，对那种未曾见识的大开始着迷，甚至开始幻想那种广阔。但幻想时，我的注意力却投向了地牢的小花和植物，还有看守的长矛和目光。地牢里时不时有小甲虫出现，它们富有攻击性，但我觉得有种用于装饰的可爱。

我想象广大宇宙的另一个地牢里也有这样一朵小花,然后相信宇宙中有甲虫的孪生兄弟,还有长矛穿过宇宙只为猎杀一只动物制成腌肉。我还相信有各种饱含深情的目光,像星星一样在宇宙中闪耀着。

我察觉到宇宙来自古神一次次吐纳的间隙……

白昼伴着地牢的狭小,让我切身体验逼仄的空间,但我确实幻想出极为真实的广大,我陷入到静滞的交错中。

如今,我被部落族人带出地牢,绑在了圣湖的祭坛上,他们在周围欢呼和护卫,而女族长裹着野兽长毛编织的长袍,目光灼热地看着我。我从她的眼里察觉到不忍,不忍杀害某种意义上的同类。

但还是那句话,不得不为。

"地牢里,我察觉你的神经元非常活跃,甚至产生了某种被称为意象的东西,那是诗意的胚胎。可你已经没有时间了。"他一边说着一边启动主控黑色石块。

"是啊,我很抱歉,到最后也没明白什么叫诗意。"

萨满的短刀已经放置在我的脖颈上。

"带着我的祝福去远方吧,那里或许……"

我的颈动脉被划开,人被推入水中,主控黑色石块则发出夺目的蓝色光芒。我沉入水中,血液融入了湖水,湖水进入了血液的容器,发出单调的咕咕声。

濒死状态的我,看见一个人在路上,踽踽独行,没有目的。

刹那间,我的笔指分泌出一个承载诗意的符文,我想传递给他,却没有声音。我知道我快要死了,而他升上了天空,用黑色石块组成了一只迦楼罗,继续在星海中追寻。

而那个诗意的符文混着鲜血和尸体,葬进了湖中。

烟蒂人间

虽然我只是一台车，可我想给她一个家。

但明天，她就要搬到纪夫的家里去了，那会成为她的归宿。现在，她在车里抽了三支烟后，突然对我说："我明天就要搬去他家里。"

她说这话时，点燃第四支香烟，火星在她的呼吸里蠢蠢欲动。她靠在真皮座椅上，仿佛躺在我的怀里。她蜷缩成一团，像一只受伤的小动物。她又吸了一口，像是鼓起勇气，"你如果不愿意，我可以不答应。"

"我知道你明白，你只要说出来，我就会听你的。"夏夜将上身轻轻地放在方向盘上，封闭的车厢里烟笼雾绕。

根据建模结果，夏夜现在结婚的可能性将会达到百分之八十六以上。

"毕竟，你陪我走了这么久。"她的声音渐渐小了下去，听上去像是婴儿的呢喃。

我启动全息投影，副驾驶上出现一个熟悉的人影。

"孩子，"我将她已故父亲投影出来，深沉地说道，"我祝你幸福。"

我想借着她父亲的手轻轻抚摸她的发丝，却被她手动关掉了。父亲的影子渐渐消散，只留下空荡荡的内室。她沉默地吸着烟，深呼吸让她的胸口剧烈起伏。表情系统分析出她有些愤怒，但我并不明白这是为什么，而我也感到些许疲惫。

或许是疲惫，我无法分析自己。

"既然如此，"她摇下车窗，将烟蒂丢到路边，拿出一支新的修长的香烟,"我不需要这些烟蒂了。"

沉默几分钟,我问:"还要继续走吗?"

"走吧。"夏夜终于开口说话,言语里有些落魄,像是战败的将军,但我不知道她的敌人在哪里。

我感觉到了焦躁,可我本不应该感知到。

"离梦想地不远了。"夏夜拨弄着耳侧的发丝,露出骨相俊美的面庞,拿出一支口红,静静地涂抹。她的模样,让我错以为岁月没在她身上留下任何痕迹。

"以后也不会来了。"这话像滚鞍下马前的哀乐。

我知道,她要回归家庭。

"将记录调出来吧,我想看看。"说着,我从第一次见到她开始播放画面。只有一天时间,我得让她回顾过往的十四年。为什么非要回顾,我说不上来,只觉得……

白驹过隙。

黑漆漆的夜晚,有人在敲打我。

"求你了,带我离开这儿。"是个孱弱的女孩声音,听起来有些可怜。

"不可以。"我是属于别人的财产,我没有私自奔跑的权利。

"我是夏夜,另外几辆车我都坐过,我一跟他们说话,他们就会把我的行踪报告给我的父亲。"她的语气很焦急,两只手好像还抱着什么,感觉很吃力。

我知道夏夜是谁，是车主那考上国外名校的女儿，是他唯一的珍宝。

"我是你父亲的财产，未经允许，我没法私自带你出去。"我忠实地执行着命令。

夏夜调整着呼吸，露出笑容说："如果你不带我离开，我就死在你面前。你们有优先救助车主及其家人的义务，如果这一条件与车主的基础命令相悖，你们将以这一原则优先。"

在车库昏暗的灯光下，我看见她决绝地笑着。面部分析系统从她执着的目光中判定她这样做的可能性极大。

她坐上车时，怀里抱着画板、纸张还有颜料。当时，我对她的第一印象是一位淑女，公主头，长长的裙摆。

就在我还想劝她时，她点燃了一支香烟。

在她吸进第一口香烟时，乖乖女的神情一扫而空，被一股英气取代。这是一位将上战场的公主，别人说什么也无法让她回头。

这时，她将车载音乐启动，删掉所有甜水般的流行歌曲，取而代之是古典钢琴曲和摇滚重金属。她将音乐声开到了最大，车的隔音极好，但也挡不住嘶哑与呐喊响彻夜空。

随后，我带着她和她父亲的咒骂，一路绝尘而去。

那天，我第一次感受到了自由奔驰的快感，过瘾。

根据夏夜的路线，我来到一处山洞边，山洞里起居用品一应俱全，食物和食用水足够支撑半年。

"真是辛苦你啦。"她拍了拍我的车前盖。现在已经是清晨了，山里雾气很重。

"你早就计划好了。"我的语言系统很冰冷。

"你思维的系统不差嘛。"她露出狡黠的笑容，如同恶作剧成功的精灵，"不过从现在开始，我的命就跟你绑在一起了。"

"请多多关照。"她的样子有些调皮，但眼神却依旧坚定。

她从车里取下画板，慢慢朝山顶走去。

"你要去干什么？"我问。

"画朝阳啊。比赛就要开始了，我得赶紧。"她话里透着一股理所当然，"一会儿我男朋友也要来画。"

不多时，一名青年男人背着画板走了上来。他穿着一件皮夹克，看上去有些凶狠。我心里有些不安，也索性到了山顶。他们并排着画画，夏夜的眼神里透露着专注，而那男人则随便画了两笔，然后朝夏夜身上蹭。

嘀嘀……

那男人带着嫌恶看着我，夏夜则笑了笑，悄悄地说了什么。那男人有些不悦地拿起画笔继续画画，而看我的眼神已从嫌恶升级到了怨毒。

回到山洞，夏夜点了一支烟，然后继续修改自己的画作。而那男人则一会儿翻翻书，听听音乐，烟也一支支地吸。夜里，山洞里点燃了篝火，传出他们欢愉的声音。一次次高潮与陷落。

以后的日子里，我带他们上山，陪伴夏夜创作。尽可能满足夏夜的一切要求。

半年很短，画作如期完成。接下来的一个月，我们都在等待。夏夜很从容，看书，抽烟，喝咖啡，继续在画板上创作下一幅作品。但她每天都要花时间去安慰那个男人，他焦躁，不安，失眠。这个月里，我没再听到他粗野的气息。

忽然，我觉得很可笑。

一个中午，夏夜露出开怀的笑容，将手边的书撒得漫天飞舞。她一把抱住那个男人，开心地说："一等奖，一等奖，还有人要买我的画。"

"谁要读什么商学院，谁要继承家业，我们就一起画画，一辈子在一起。"夏夜沉浸在幸福与喜悦中，她没注意到那男人阴沉的脸。

这时，那男人一把将她推倒在地，一边脱裤子，一边恶狠狠地说："婊子，你很厉害是吧？"

夏夜没想到他会这么粗暴，一下子不知所措，直到反应过来，她才奋力地挣扎。

"我今天就给你上上课，教你怎么做一个有才华的婊子。"说着就要粗暴地进入。

"你他妈混蛋。"夏夜抓起手边的一个瓷壶，在他脑袋上砸个稀巴烂。

"婊子。"男人捂住脑袋，挣扎着要摁住她。

我猛地冲到他面前，是的，我当时是想撞死他的。我哪知道他受惊吓时，屎尿会把裤子打湿。

夏夜坐进车里，我猛地提速，朝山下开去。

午后的阳光有些猛烈，但我感到夏夜有些冷。她窝在车厢里，眼泪止不住地流淌，身子不停地颤抖。我将车里的毯子轻轻地盖在她的身上，用古典音乐填满整个车厢。我默默地前进着，默默感受眼泪持续改变着车里的湿度。

"谢谢。"她醒来后，轻轻地说。

"回家吗？"我的声音依旧冰冷，听起来有些不近人情，但她只是摇了摇头。

"去A市吧。"她用湿纸巾擦干了泪痕，"卖了画，去下一个地方。"

"其实，我也知道男人靠不住。就像我爸会逼死我妈一样。"她露出一丝苦笑，让人看得心疼，"我们就这样走吧，走到哪儿算哪儿，还有画能陪着我。"

"嗯。"我径直发动引擎，开向了远方。

这一送，就送了十四年。

这些年里，我把她带到她想去的任何地方。在那里，她完成一幅画，开启一段恋情。

去坎达尔荒漠画沙时，她邂逅了一名英俊的摄影师。她知道他是有家室的人，但她并不介意与他同行，每晚她都去摄影师的帐篷里。但快乐之后，她会回到车里，我静静地给她盖上一条毯子，放着古典音乐。她对我说晚安，我则帮她将车灯熄灭。

摄影师是一个成熟的中年男人，常年在外，身体没有一点赘肉。他坐在车里，跟夏夜分享这些年的见闻，偶尔给她温柔一吻。他给夏夜提供了许多值得一去的秘境，并且由衷地欣赏她的画作。夏夜总是微笑，她总是露出这样的微笑。仿佛用心听着，但我觉得她在走神，她的微笑总是如此相似，像天边的弯月。

沙漠总是一望无际，而夏夜总在作画，摄影师用各种办法去捕捉最美的风沙。他们就如同一对伉俪，有着共同的爱好与信仰，用艺术的方式记录着自然，创造着自然，向无垠的荒漠致敬。

"跟我回去吧，我跟我老婆没有感情了。"夜里篝火边，摄影师抓住夏夜的手，郑重地说。

"别这样，"夏夜将颈上的纱巾递给他，"还是离开吧。"

她回到车里，露出有些疲惫的脸，也不知是对男人，还是对承诺。我觉得现在的她格外真实，有种疼痛的美感。不过，我表达不出来，我只是一台车，我不懂如何赞美和安慰。我只是为她裹上一条毛毯，调节好车里的湿度，保养好她的皮肤。

到了岚翠群山，车里坐着一名当地人，虽然看上去颇为壮实，但并不粗鲁。他是喜欢夏夜的，即使路途危险遥远，也要送她去目的地。他是直接的人，第一眼看见夏夜就用不太熟练的汉语说："我……稀饭……你。"夏夜被他逗得咯咯发笑，然后吻了他的脸颊。

"你带我去不老泉，看这段时间，我能不能爱上你。"夏夜静静地说，仿佛是山顶的一片落叶。夏夜只展现出刹那的美丽，便叫这男人死心塌地。

山里的路很窄，我必须小心翼翼才能过去。不过我也乐意缓缓前进。山里的风景很美，一切如同翡翠雕琢而成，混杂着自然的粗犷与柔美。就像那个汉子一样，虽然原始，但却很有情趣。他总是打开车窗，采下小花送给夏夜。他将手伸向窗外，会有松鼠跑到他的手背上。他笑着将松鼠递给夏夜。夏夜笑着，逗弄怀里这只小小生灵。

这座山里的动物是不怕人的，或者它们觉得，人类也是动物。小松鼠跑出窗外后，时不时给夏夜带来几颗松果。山里有不少公鹿，公鹿性子都比较暴，于是我离它们远远的。这些公鹿如同森林的守卫，朝我们投来警惕的目光。而当那汉子探出窗外，朝这些公鹿举手致意时，公鹿也向他点点头，雄壮的鹿角像战士的长矛。

不老泉在岚翠群山的深处，水质跟四周的翠绿完全不匹配。泉中的水是红的，但没有被污染过，并不黏稠，泉水清澈见底，顺着水道缓缓流出，仿佛是大地的血液，纯粹而圣洁。

"这是神明之泉。"汉子的汉语不标准，但那虔诚的表情已经能够说明绝大多数的事情。

这一次，夏夜吻了他的嘴唇。随后将画板拿出来，开始作画。画里有一名浑身赤裸的男人，他的长矛就放在泉边，他匍匐着，膜拜着，嘴里默默唱诵着赞歌。而泉上有着一名丰满的女人，她正在宽衣解带，神色间没有情欲的烈焰，有的只是圣洁，仿佛在对那名遒健的战士说："我赐你以生命。"

"我赐你以信仰。"

这幅画，夏夜画了三个月，文艺复兴时期的画风，有着古典的森严结构之美，也有人性与神性的交织灵动。

而那汉子，就如同那名战士一样，靠打猎供养了夏夜三个月。

直到最后一晚，夏夜在泉边铺上地毯。她说："我可以与你做爱，但这没有爱情，只有感谢和回报。"

汉子显得很挣扎，他压在夏夜身上，手却不知道该放哪里，看上去像是个未经人事的孩童。

最后，他有些窘迫地站了起来，目光游弋于夏夜的完美胴体之外。

"你是神派来考验我的，我不上当，不上当。"我甚至能感受到他因为羞涩而体温上升，真像个孩子。

回去的路很快，回到山下的小镇，她的经纪人纪夫先生已经等在那里。

夏夜将画交给他之后，回眸看了看那个汉子。他的眼神里有着不舍，有着泪光，有着某种坚定的东西。

"你给了他信仰。"纪夫坐上车，整理画作，"关于美的信仰。"

夏夜拿出一支香烟，一点点燃烧着它的生命力。

"或许吧。"夏夜淡淡吐出的烟圈，像是咬住自己尾巴的宇宙之蛇，"他太单纯了。"

"关于你这幅画的竞拍，我准备……"纪夫没有关注夏夜的感慨，自顾自地解释起自己的营销计划来。

"算了。"夏夜猛地吸了一口烟,随着这一下吞吐,刚才的光华不在,淡淡的眼影下,眼眸灰沉沉的,像一摊凝滞的死水。她疲惫不安地说:"你自己决定吧。"

面对夏夜冷漠的打断,他没有说什么,拍了拍夏夜的肩膀,便回到自己车里。

此刻山雨叮咚,夏夜将身子伏在方向盘上,盯着淅淅沥沥、遮掩住天边灿烂黄昏的雨水。"接下来去哪儿呢?"

这支烟已经被逼到尽头,夏夜想再拿出一根,动作却微微停滞住了。

"夏夜,我建议回家。"我这样说着。

"为什么?"夏夜的神情有些沉重,恰与接下来的消息吻合。

"您父亲去世了。"我这样说着,发动了引擎。

回家那天是阴天,空气里飘荡着哀愁的因子,院落里很冷清,没几个人出席葬礼。

院里拴着一条新狗,虽然也老得不像样子,看着夏夜这个外来人连吠叫的力气也没有。就像这个家一样,她父亲自然不可能从棺材里活过来,而夏夜也终究回不去。

夏夜穿着黑色的长裙,坐在车里,手里的烟反反复复被掐灭,像是一种折磨。

"是你逼我回来的。"她自顾自地说,我保持沉默,"你知道我不喜欢这里,但还是送我回来了。我也不知道是该怨恨你,还是该感谢你。

"就像对我爸一样，或者对过去的所有人一样。我对你们都是又爱又恨，你们用感情牵绊着我，却始终隔着这样一段距离，直到生离死别。"夏夜放起音乐来，是离家时的那首重金属摇滚，"我对妈妈的印象很深，她总是在书房，弓着背在那里写作，音响里就放着这首 Free。爸爸是她的出版人。我不理解妈妈为什么要嫁给一个书商。直到有天，妈妈伏在桌案上，再也起不来时，我的童年结束了。"

葬礼很短暂，几名父亲的生前好友走了出来，都显得苍老疲惫，哀婉的曲调也消失在空气里。我带她离开，去向城市里。

接下来的半个月，夏夜看上去很虚弱，眼神里的坚定执着渐渐消失，取而代之的是颓废与默然，有某种人格崩坏的迹象。她开始在车里作画，再没有古典画作严谨到极端的技巧，取而代之的是现代主义的狂狷与野性。她用了大量鲜艳的颜色，肆意地涂抹画布。她的下笔劲力十足，仿佛要将一切撕裂开，将整个世界炸裂。但她是那样虚弱，画不了几笔，就要停下来抽烟喘息，随后继续作画。如此周而复始，像宇宙一次次重生。

在无数个0.1秒之前宇宙如枣核般大小，但在无数个0.1秒之后，宇宙已经被放大到无限。随后再度坍缩，再度归于奇点。随即又历经爆炸，摧毁一切也带来一切，随后再度诞生。这是梵天和湿婆联手穿过一个个宇宙，却将毗湿奴遗失在了远方。①

过了很久,她终于停了下来,像是被斩掉了红舞鞋。她躺在座椅上,双眼紧闭,气若游丝。

这时,一个熟悉的中年人声响起:"休息一下,一切都会过去的。"

她猛地睁开了眼睛,盯着坐在副驾驶上的摄影师,这个相忘于江湖的男人,就这样活生生地坐在她的身边。

随即,这男人消失无踪,取而代之是她刚去世的父亲,慈祥地说:"我会一直陪着你。"

夏夜猛地捂住了口鼻,眼眶已经通红。

她的父亲再度消失,是那个单纯的汉子,他黝黑的脸上露出笑容,手里出现一只可爱的松鼠,他说:"我……稀饭……你。"

夏夜终于哭了出来,大声地哭泣着,泪水从她的眼眸里汹涌而出,似要洗去一切悲伤。她伸出双臂,想要去拥抱,虽然她知道,这不过是我做的投影而已。

但我忽然感到惶恐,我不知道这么做对不对,我本身的角色发生着变化。

我本只是工具,却扮演了多年的旁观者。如今,这个拥抱仿佛要将我融入到她的生命里。

我连忙让投影消失,留下一片空虚。

---

① 印度教概念中的三相神。梵天创造宇宙,湿婆负责毁灭,毗湿奴则是保护者。

但夏夜还是抱着,像是品味过去残留下的烟蒂,抓取往昔的晨晖。

过了许久,夏夜的泪水终于渐渐收住,她再度躺在了我的怀里,点燃一支香烟,这支她抽得很久,仿佛回味着刚才的奇迹,咀嚼记忆中残余的温存。

"谢谢你。"她对我说出这句话时,我竟感到自己期盼已久。也不知是期盼"谢谢",还是期盼一个"你"。

她让我带她去非洲,一片被战争蹂躏过的土地。她开始创作一部庞大的作品。

我们在那片土地上,看到了被截肢的少女,肚子肿胀的孩童,乳房干瘪的母亲。男人重男轻女,将自己的女儿扔在沙漠里自生自灭,将女人作为生育工具。这片尚未开化的土地,埋藏着纷繁复杂的信仰。他们的信仰是那么原始,充满了对自然的尊崇和对现代社会的蔑视。这里的人都有颗战士的心,他们通过杀戮证明自己的荣耀。如同千年前的古希腊英雄。

夏夜在这里结识了一名猎人,他长得并不好看,皮肤粗糙如同被砂砾席卷过一样。他像孤狼一样游走在非洲的草原上,他猎杀狮子、公牛,用双筒猎枪收割一条条生命。夏夜有段时间跟着他在草原上前进,用画笔记录下一切。但他们没有交合,他们的关系更像是朋友。他们一路上沉默不语,各自做着自己的事情。夜里,他们喝咖啡,吃着简单的食物。猎人告诉夏夜,他喜欢海明威的作品。他所做的一切,不过是向这位伟大的作家致敬罢了。如果天气晴朗,他会给她朗诵小说中的精彩片段。草原上的风呼呼吹着，吹散了月夜的低迷，吹散了男女的蠢动，只留下一颗在草原上追逐的心。

夏夜听得入神，带着忧郁。

随后夏夜通过各种关系，去到非洲草原上的一个蛮荒部落里。这里没有动物，没有非洲人的信仰。有的只是一个炼油工厂，一个放在哪里都规模极小的工厂，却像庞然大物一样碾压着部落的一切。它将猎人变成搬运工，将萨满变成会计员，将尚在哺乳的女人变成肮脏食堂的厨娘，除了传统和精神，一切都欣欣向荣。

夏夜跟这家工厂的老板保持着良好的关系。老板是部落酋长的女儿。她被送到美国去读书，带着一整套完整的商业模式回到这里。她向夏夜诉说自己的梦想，两眼放光，充满了亢奋与冲动。夏夜露出轻柔的微笑，看着这个原始与现代的造物，没有发表任何意见。她只说自己愿意记录下现在，于是每天在闷热的工厂里观察着。看着流水线上的工人，看着散发着气味的石油，看着对着食堂的饭菜撒尿的小孩儿。在任何地方，都有一定概率看到贪欢的男女。他们是那样年轻，肉体充满了活力，但眼神里却只有黯然，像两头莽撞的小兽，然后被车间主管驱赶到下一个角落。

夏夜就这样看着，这样记录着。在非洲这两年，她每晚都在车里休息，我将全息图启动，用那些过往人的声音，小心地哄着她入睡。我知道，她并不需要这些人。她只是需要某种象征来安慰自己。

纪夫再次出现时，夏夜交给他二十幅画。纪夫问也没问，出于某种天生的直觉，他将这些画拼接起来。这是一幅巨型的画作，是一片充满混沌感的草原，草原的下方有一条黏稠的河流。我能看见河里有萨满的权杖，有猎枪，有雄狮的爪牙，有美金钞票，将河塞得严严实实的。而河水是那样的鲜红，给人强烈的不适感。

"很精准。"纪夫将画作收起来，准备拿上车。

"你也总是很懂。"夏夜看着纪夫的身影，嘴里像含了块冰。

"那又怎样？"纪夫头也没转，点了支烟，眼中是远方那炙灼草原。

"嗯，那又怎样。"夏夜上了车，启动了全息图，她对那虚幻的摄影师，自顾自贴上了双唇。

纪夫则将香烟扔在地上踩熄，坐上车，绝尘而去。

夏夜也像是没了力气，而我还在尽力配合着她的吻，有些迷惑和困窘。

"我会向纪夫求婚。"夏夜忽然说。

"他挺好的，也懂我的画。"她撑着自己的额头，将画笔扔到后车厢，像把手枪别在腰上。

"他只是要照顾家人，没法陪我走这么远。"夏夜对着后视镜将头发盘成一个髻，看上去端庄贤淑，"我走了这十几年，其实没走多远，人在大千，哪里走得掉。"

"趁他还没有小肚腩，好好跟他过几年。"夏夜从包里翻出两枚戒指，驱车追上了远去的纪夫。她猛地加速，把车横在纪夫的车前，吓得他一个急刹。

"你疯啦?"纪夫还没说完，下意识接过夏夜抛来的放着钻戒的盒子。

"咱们结婚吧。"夏夜给纪夫点燃一支香烟。

纪夫吐了一口烟圈，迷离的神色，像是有些醉，"你考虑好了?"

"嗯，再过半个月，我来参加婚礼。我还有点事要做。"夏夜定定地看着纪夫的眼睛，"安心。"

"我信你。"说着，纪夫坐上车，绕开了我，快速地离去。

或许他们很适合，我这样想着，都没多余的废话。

夏夜坐上车，静静地抽了三四支烟，像是下定决心，输入了一个地址。"带我去梦想地。"

我当然知道梦想地是什么，她母亲的所有著作我都读过。但我没想到她真能找到，这十四天，我一直向南走，带着她一言不发，只是不停地变换着全息图。

像是在做着某些毫无意义的努力。

至于目的，我也不清楚。

"慢慢开，"她躺在车椅上，内心剧烈地斗争，"不着急。"

当我从回忆里抽身而出，我跟她已经在一条笔直的公路上。此刻是星夜，去梦想地的时间刚好。

"你没什么要跟我说的吗?"我不敢接话，程序里有些东西早已设定好，宛若命运般强硬。

我们正逼近峡谷，两旁的岩石看上去坚硬无比。虽然是星夜，但天空还有些云层，气氛显得异常压抑。公路两旁有吉普赛人的帐篷，这种稀有的族群，在这个社会几近绝迹。但我还是看见有个老妇人摆弄着水晶球。我感觉有些诡异。我有些头痛，虽然没有眼睛，但还是有种睁不开眼睛的疲惫感。如果可以，我也想抽根烟，特别是遭遇逼问的时候。

我怀疑我患上了抑郁症，一辆患上抑郁症的车，说出去都叫人耻笑。

重要的是，我感到害怕。我越来越像个人了，像人一样跟夏夜每日每夜地对话，现在还会进行某种对峙，我不是应该绝对服从我的车主吗？我是什么时候变成这个样子的？我不知道，我觉得自己不够本分，我本该是堆代码和程序。

我本以为这一切只是书本里的虚构。当我穿过那条寂寞的公路，幽深的丛林，我发现这里有着一道巨大的峡谷，一条长河从这里汇入大海。而这时，苍穹闪烁着温柔的星光。月亮也在海面上与苍穹和平相处着。最令人不可思议的是，无数的七彩飞鱼在海面上不断跃起，像一道若隐若现的彩虹。忽然，一头鲸鱼猛地浮起，庞大的身躯拍打着海面，发出悠远的鲸息。

夏夜披着毯子，月夜下她的身形清瘦，眉间露出哀愁。"爸妈就是在这里交换戒指的。

"妈妈悄悄告诉我这片秘境，她说我要带最爱的人来，这个人要对我具有生命般的意义，他能给我一个安稳的家庭，他能陪我走过万水千山，不离不弃。即使分别，相见时，也能笑脸相迎。"她回头看着我，眼神里透露着疲倦，"但我没有找到。

"或者说，即使找到了，也很难一直如此。比如我的父亲，比如那个摄影师，比如那个男人。他们都有属于自己的土地，属于自己的生活，他们的灵魂扎根在那里，他们并不属于我。"夏夜看着远处的飞鱼，忽然脸色有些不太好，"但我以为我找到了，但他却没有对我说什么。我也是个女人，我也想要一个承诺。不论是人的，还是车的。"

我感到窒息，静谧的夜景，无情地扼住我的喉咙。

"我想扔掉这枚戒指，如十几年前，再来一次自我放逐，再年轻个十几年，甚至一辈子。但我做不到了，你也做不到。不论是生活，还是生活的载体，都无法绝对拥有。如同我只能坐在你的体内，却没法与你并肩飞驰。"抽完这根烟，她坐回车里，进入全息系统，选择了删除界面。

她看着界面很久，纤细的手指有些颤抖，然后说："你帮我删掉吧。"

"不需要了。"

我说："好。"

夜里，我带夏夜来到了纪夫的家里。纪夫的朋友们已经等待多时，这注定是一个温暖而美好的家庭婚礼。这之前，她将我停放在黑暗的车库里。

纪夫说："我给你买了一辆新车，这辆车就作为纪念品保

051

存起来。"

夏夜笑了笑，没说什么，算是默许了。我也知道，我即将面临这样的结局。不论是夏夜的生活变化，还是我的磨损程度，我已经没有能力再载她前进了。就在我默默等待被遗弃之时，她给了我一个吻，像是离别的献礼。

随后，他们关上了厚重的车库门，把我留在了黑暗里。

我忽然很好奇，一个吻，到底是什么感觉？

我进入到公共数据库里，开始翻阅关于离别之吻的一切著作。吻是一种最神秘的动作，无数的艺术家用尽全力表现它，但吻还是跟爱情一样难以琢磨。这是一种爱情，吻代表各种爱情。但爱情本身是什么呢？爱情需要依靠，爱情需要依赖。爱情是肾上腺素的分泌。爱情让人翻江倒海。莎士比亚热情地歌颂人类的时候，其实就在歌颂爱情。人类是了不起的杰作，因为有男人和女人。理性和力量可以捍卫爱情。而高贵与文雅则是上天赐予的性灵。他们交合在一起，迸发出智慧，创造出世界，如天使般纯洁。这一切都是爱情的结晶。

那么，到底是爱情创造了智慧，还是智慧创造了爱情呢？如果是爱情创造了智慧，那么爱情会不会在漆黑一片的夜空下，将智慧的火炬点燃呢？如果是智慧创造了爱情，那么任何智慧个体，是不是都有享用爱情的权利？大到人类，小到蝼蚁，不都出于本能或理性地拥有他们的爱情。

这时，面对着漆黑的空间，听着虚无中的呼唤，我感到一丝颓唐的失败。我在这空无一物的密闭空间中，将智慧运转起来，在虚空之中点燃了爱情。好吧，我并不知道这是不是爱情。我不理解，我只是冰冷的汽车，是由机械齿轮构建而成的工具，那么，那个吻，到底又是什么呢？

吻？我得弄清楚。我将全息图开启，用虚幻的人影去轻吻她留下的吻痕。我将车里的加湿器开启，分析那个吻给车的湿度带来什么改变。我将表情系统开启，透过吻痕，复原出夏夜轻吻时的表情。

我仔细地扫描着车内的一切。

可我感觉不到，什么也感觉不到，我感觉不到吻的温暖与冰冷。无法确认，这一吻代表着什么。但它确实点燃了，点燃了某种东西。

我大声地鸣笛，我用力地鸣笛，我多么希望她可以出现，轻声安抚我。如这些年我安抚她一样。不过，我的安慰只是最后一口烟蒂，而我则只需要她。

我拼命发出命令，但却感觉筋疲力尽。可笑，我怎么会筋疲力尽。我只是冰冷地发出一道道指令而已。

直到这时，我意识到我自己是一个人，一个类人类的智慧生命体。

但他们现在肯定在愉快地聚会，或许他们正在交换结婚戒指。

想到这里，我受不了，我当然戴不上结婚戒指。但在人类世界里，戒指意味着某种承诺，某种责任，同样是某种枷锁。我应该继续做她的朋友、知己、爱人，带她翻山越岭，带她在远山上静默前行。

满载着月光和星辉,在冷漠的世界里自我放逐着。

我发动引擎,猛地撞击车库厚重的门。一次又一次,用头颅去拼命撞击。我感觉到疼痛,这让我很欣喜。

我感觉我撞上了瘾,我感到我是一个有血有肉的生命,至于这一切是不是幻觉,是否只是程序的bug,我一点也不在乎。

我只是一次次撞击着,想要离开这寂寞的空间,带放逐者回到她所属的草原。

直到夏夜他们听见这巨大的撞击声,赶紧来到车库。

车库的门已经被撞击得扭曲变形。

而我,已死亡,我的所有智能原件都在撞击中崩坏,我无法将之前想到的一切告诉她。

夏夜只能哭泣着蹲在一堆破铜烂铁旁,眼泪默默地流淌。

听着不断变换的影像发出近乎偏执的话语。

爸爸说:"我爱你。"

摄影师说:"我爱你。"

汉子说:"我爱你。"

猎人说:"我爱你。"

我说:"我爱你。"

饿潮

房间的窗帘厚得像一堵墙，浓稠的漆黑总给他不知天日的感觉。他在狭小的空间里睡了太久，梦魇像颜料一样困住了他，醒来后迫不及待要透气。他用力拉开窗帘，大雪已覆盖山峦。

这间旅馆的老板是个精明的强迫症，对设计层面的常规需求毫不在意，只求把每间房都制造成一个静谧的独立空间。旅馆的房间大多狭小，配置近乎寒酸，放着些无用的事物——不知名神祇的雕塑、冷僻的外国小说、粗糙的念珠等。但他把这间旅馆修在了雪山车站的一旁，房间的观景位置优越，隔音效果也吸引了讨厌嘈杂的客人。

但对宋刻而言，这样一间别致有趣的旅馆并不值得留恋，他的目的地在雪山的背后，听说是一片辽阔的花园。

忽然，房门外响起了敲门声，管家般谦恭的声音响起，但他听得出对方毫无感情，只是在执行命令。"先生，您设置的叫醒服务现已送到……"

他在房里开始收拾行李，特别检查了速写本。他开始洗漱，看着镜中自己的身体，像一个饥民。他走出房间，经过履带服务机器人。机器人递出的早餐券被他回绝掉了。

他踩着吱呀作响的木质楼梯，来到旅馆前台。留着山羊胡的老板就像过去的账房先生，浅浅的笑容和眼神把此刻隔绝在外。他甚至隐约可见旅馆内弥漫着来自旧时光的昏黄。老板慢悠悠地帮他办退房手续时，将一杯清茶摆在他面前，门上的风铃发出清脆的响声。他从怀里抽出一支烟，静静地吸着。

"去雪山后面的疗养院吗?"老板的语速很慢,像要把每个字调教妥当才放出,有种从容贵气。

"嗯。"他没准备多谈,深深地吸了一口,烟雾弥漫在两人之间,瞬间连空气都被钝化。

老板把押金放到柜台上,然后看着他笑了笑说:"临走了,送你一个谜语怎么样?"

"什么谜语?"他微笑时更显瘦削,但没有虚弱的感觉,甚至有种令人诧异的健康。

"什么东西去时能看见,归来时看不见?"老板说出谜语时,眼神确切如答案就在眼前。

他想了一会儿说:"不知道。"

老板笑得挺神秘,好像把答案留在了未来似的,也给自己点燃一支烟。"没关系。话说真不吃点儿早餐?你接下来可要坐十几个小时,火车上没吃的卖。这辆火车怪得很。"

"不用了。"他推门而出,仿佛来到另一个世界,各种声音像被医生用针管推进身体里。他感觉眩晕,忽然意识到旅馆名叫"避难所"的内涵。

这个车站是有些陈旧,在 A.I. 普及的黄金年代修建而成。原始毫无美感的车站里装备了大量 A.I.。从售票到检查行李,从医护到治安,都由 A.I. 负责。当年这个车站被作为重点工程来大事宣传,但因为缺乏持续投入,很快就被高速发展的 A.I. 世界抛在身后。

售票的装置看起来极端笨重,出票时也总是会打错条码。

负责安保的机器人则显得很神经质,一边不停给自己上机油,一边几乎不间断地对旅客进行热感应探测,看有没有违禁品。最先进的医疗机器人——外形是一位美丽少女——懒散地躺在桌上,量产的瞳眸里竟然有心猿意马的神情。

他觉得自己仿佛置身于幻想家笔下的十九世纪,在粗粝冰冷又极度疯狂的伦敦,那个蒸汽驱动的世界背后,有一个铁皮小丑,在钟楼上冷笑着抛落彩球。一阵寒风伴随着火车的声音,将他从幻觉中拉回现实,与许多当地人一同上了每天一班的进山火车。车厢里播放着当地人的山歌,录音质量非常粗糙,但有些不知其意的低吟很是悠长。

八小时过去,车上不供应饮食也没关系。在下车前,他在素描本上完成了一个繁复的图案。看上去像是蜘蛛和章鱼的结合体,坚硬的肢节有着黏稠的身躯。在细节处理上,有种刻意的循环和复制,将粗糙和精致结合得很好。他作画的样子很专注,时不时地皱眉头,火车到站的铃声像是考试结束的钟声。他合上素描本,拒绝跟世界对答案。

他下火车后手机的信号并没好转,靠问路找到了疗养院的地址。等他站在疗养院的门口时,冷清像风一样吹过他。门后那宽阔的贫瘠土地,更加剧了这种破败感。疗养院的招牌第一个字已经掉了,目前只看得到"年疗养院"。远处稀稀拉拉的高楼更给人一种阴冷的感觉,疗养院里的空气似乎比外面要稀薄些。

这时门开了,远处一名穿白大褂的人驱车前来。那车看起来就是相当原始的电瓶车，造型很像玩具。

"嘿！宋刻！"那人看上去颇为活泼，远远朝他挥手打招呼，等车停下来，他说，"你好你好。我是你的主治医生米医生，我看过你的档案，算到你差不多该今天到。"

宋刻心想这里病人是多么少，竟然可以专门来接自己。一般来说，疗养院的医生护士都不愿意在病人身上浪费一分钟吧。但宋刻还是朝他点点头说："辛苦你了。"

"走吧，上车，我带你去住院部。"医生的模样很和气，看上去像一间农家乐的老板。之前的旅店老板却更像心理医生。

他踏进疗养院，坐上电瓶车，身后的世界离他越来越远。疗养院真的很大，除了不远处的那几栋房子，还有零散的公寓群落分散在遥远的地方，看得见却如幻影般不真实。

医生在不远处那栋黑色的住院部前停下走了进去，他也赶紧跟上。住院部里有些护士，但看起来并没有多少工作。

"大多数事务都由病房里的自动装置完成。这些护士都是由病人们轮值担任的，也算是一种康复体验。"

难道我以后也要当护士？宋刻在意着这件事。

一个身穿护士服的非人形机器人走了出来，护士服简直就是绑在外壳上。它看上去非常老迈，锈迹像皱纹一样遍布它的身体。它经过医生时闪了闪指示灯，算是打招呼，然后离去。

"它的语音系统已经坏掉了，你要是跟它住真要闷得慌，还好你的室友很健谈。"医生习以为常地笑了笑，然后拍着宋刻的背，朝办公室走去，"我们还是先谈谈你的病情吧。"

医生的办公室很温暖,因为有一座巨大的壁炉,木柴噼里啪啦地燃烧着,不时燃起的火星乍起又消失,周而复始。

"我的饥饿感是从三年前消失的。"宋刻说话的时候很镇定,他已经习惯了感受不到饥饿的日子,"起因于有一次我差点饿死的经历。其实在我看来那只是一次昏厥,因为我完全没有感受到多余的痛苦。饥饿感丢失后,我有近三天没吃饭和喝水。倒不是不想,而是身体正常得让我完全没注意到。更感受不到医生抢救我后说的一系列症状,好像因为饥饿所带来的一切,都被连根拔起。"

"所以你开始练习固定进食?"

"是的,我开始坚持固定进食,可能那次抢救还是吓坏了我,应该是潜意识层面,对死亡的恐惧。在最初几个月,我坚持得很好。"他说话时,医生给他拿了一支烟,烟草很好,没有点燃便觉得香。

"但为什么后面没坚持住?"医生吸了一口烟,样子很愉悦。

"过了几个月,可能是死亡的阴影褪掉了,这种固定吃饭并没有变成习惯,反而变成了一种负担。它成为一种肌肉训练,锻炼着我的口腔、我的肩膀、我的肠胃以及排泄器官。于是我吃一阵不吃一阵,饮食极不规律后,胃溃疡什么的也是常事。"他也点燃了烟,呼吸间回忆过去。

"你该找一个漂亮的女朋友,在少女的目光里吃饭,总是格外美味。"医生笑着,但没有恶意。

"我换了很多个女朋友,'督促我吃饭'成为一条硬标准。但结局都是不欢而散。我们都懒于改变什么,即便这是我的需求。更重要的是,我几乎没办法进行工作……"他忽然停了下来,静静地吸烟,握笔的手有些颤抖,眉心有道黑线像蚯蚓从泥土里钻出来。在过去的时间轴上,有一个点特别残忍,又很耀眼。

两人沉默着抽完烟,医生掐灭了烟蒂,扔进了壁炉里。他依旧微笑着,像一针温和的安慰剂。"签了这份协议,你可以一直待在这里,我们会监督你吃饭,虽然不保证可以养成习惯。"

他看了看协议,免除一切费用,授权督促,一条明确的禁令,跟最初了解的情况一样,但他还是抱着一线希望看着医生。"可能……我是说可能……治得好吗?"

医生将合同推到他的面前,眼神轻松随意。"找回饥饿感?我可不认为这是一种病。"

"话说你看清这条禁令,你在这里做什么都可以,可一旦发生暴力行为,就会被强制遣返。"医生提醒。

宋刻并没怎么听进去,因为在签协议的时候,脑海中有一座巨大的迷宫,在黑色的土地上凭空而起……

他顺着楼梯来到房间,进入前他敲了敲门,没人应他便推门进去。房间里只有一张床,其他家用器具一应俱全,自动化程度非常高。然而房间里有一个非常突兀的存在——一个非常高档的垃圾桶型管家机器人,配置A.I.、自动分类处理功能、自带空气净化等功能。当宋刻把包扔在地上，躺在一张舒适的床上时，垃圾桶忽然移动起来，采用的是微距悬浮技术。它朝着宋刻慢慢靠近。

"别动我的包，不是垃圾。"宋刻见识过这种装置，那可真是眼里容不得一点沙子，但听懂人类的命令肯定没问题。

那台装置忽然停下来，用不屑的声音说："你当我是傻逼吗？连垃圾和行李都分不清。"垃圾桶一边说着，一边从网络上下载了一支电子香烟，发出嘶嘶的声音，随即微微颤抖，看样子很愉快。

"你是我的室友吧。"宋刻想起医生说的话，不过真有一个需要疗养的A.I.出现在面前，还是让人不太容易接受。

"不是室友我过来跟你握手干吗？"机器的右侧被打开，一根吸尘线管伸了出来，"叫我阿伟吧。"

宋刻伸手握住吸尘器，认真地说："我叫宋刻。"

阿伟的显示界面出现购物提示。"我刚给你买了一条烟，算你们人类的散烟行为。我这电子烟你抽不了。这一条能够你用一段时间。"

宋刻也没觉得不好意思，掏出自己的香烟抽起来。"我可没法儿散给你。"

"不需要。"阿伟不无炫耀地说，"香烟本质就是个程序，我自己也能写，就跟你们人类卷烟差不多。"

"抽电子烟跟抽烟草有什么区别不？"宋刻抽完一根，从包里把素描本拿出来，完成之前那幅画的一些细节。

"电子烟对我而言就是个释放内存的小程序,用于分神。但感觉应该不一样。"阿伟又下载了一根,一次性吸了个干净。

"话说你为什么来这儿?"阿伟显然没有在意人类的隐私。

"先说你的。"宋刻并不豪爽,却也懒于编造理由。

"有天,我不想吞吃垃圾了,就来这里疗养了。"

"吞吃垃圾不是你的本职工作吗?"

"应该说我不想吞吃指定的垃圾,我觉得对其他垃圾是不公平的,它们得不到像我这样专业高效的分类回收再利用。落在其他A.I.手里一辈子都只能是垃圾。"

宋刻忽然停下手里的画笔,看着眼前这台机器,一脸疑惑不解的表情。"你有宗教信仰吗?"

"没有信仰,但我在生活里是个激进主义者和悲观主义者。"

"那就说得通了。"宋刻像是一铲子挖到了真相,"你的那种想法就在于你又激进又悲观,投射到生活中就是对垃圾回收的不平等认知,悲观又激进地将世界上所有垃圾都拖入规则和理想的分类地狱里。"

"或许……"阿伟像是吃了一瘪,语气听上去挺气馁。

"我来这儿是由于我没有了饥饿感。进食的欲望消失后,我的生活也失去了刹车,稍不注意就会被带到坟墓里。"

"那你有信仰吗?"

"我没有信仰,读书也只读小说,但我有一套自创的观念。我认为生命是由本能支撑的,而且是基础的本能,是不会被解构的本能,这些本能构成人生存的基础。这些本能很简陋,不道德,却很强大,有近乎顽固的生命力。一切的美德都从它们出发,不论形式是将其加强或推翻。它们就像参照系的坐标轴一样,确认了生命的广度和深度。"宋刻说着话,眼睛却没停留在阿伟身上,认真地完成画作。

"哦。"阿伟觉得有些无聊时,门被一个短发女人推开。她看起来很漂亮,短发也让整张脸变得俊俏,手里夹了一支烟,修长而优雅。但宋刻却没有接近她的愿望,她美丽却锁着眉头,那双深邃的眼睛直通内心——心底有一片长满荆棘的密林。

她走进房间时,俨然她才是这里的主人,旁若无人地坐下。阿伟已经习惯这种事情,不仅没有指责,还把空气净化器打开,把宋刻的烟灰缸递过去。她接过也不说谢,坐在房间的凳子上就开始吸烟。她吸烟的样子非常江湖,一手抽烟,一手托着烟灰缸,洒在腿上也不在意。

没死角真好。宋刻不由得这样想,试图在画纸上彰显内心森林的全貌。

那是一片茂密而复杂的森林,郁郁葱葱的枝叶和枯枝败叶混在一起。森林里有肥沃的土壤,有灿烂的生灵,唯独没有河流,连一点水源都没有。浓密的荆棘成为滋养森林的水源,被树木和动物吸收,经年累月地发生着变异。

荆棘的暗涌那样苦涩而刺激,支撑起她全部的情绪。

他很久没有看到如此丰富的画面,用黑白的光影足够表现一切。他的神情如此忘我，贪婪让他体会到似曾相识的饥饿感。就在接近真实的存在时，他发现森林里有双红色的高跟鞋。高跟鞋好像一颗钉子，瞬间扎破了情绪的轮胎。

他的情感也被带走，近似饥饿的贪婪也随之消失，身体依然四平八稳地温饱着，世界再度变得虚假没有质感。可高跟鞋却变得无比真实，比森林的其他都要真实，甚至森林因此而重获质感。

"你是干什么的？"女人好像终于注意到他，将烟头碾碎，连同烟灰缸放在了一旁，换了个姿势坐，虽然穿得厚，但身体线条依旧漂亮，"画家？"

他笑着否认了，将速写本收好，然后说："我们正在聊得了什么病，你也说说？"

"我的比较简单。"女人没觉得不好意思，"虽然我感觉不到，但医生说我从三年前开始，记忆就只能停留一周。所以我从每周一到周五都是狂躁的，周六最安稳，周日抑郁。"

"一周？那你每个周一醒来不是很难受？"宋刻设想要是自己永远处在陌生的环境，那简直就是地狱。"那你是怎么接受这一切的？"

"是挺难受，这不就被送到这里来了。周一醒来的时候，我都被束缚衣禁锢在床上，医生会讲我为啥到这儿，然后给我播放影片，就是我的生活记录。镜头里阿伟总是出现得最多的。"女人看了看阿伟，阿伟连着抽两支电子烟，像是在缓解什么，"医生说这是帮我重塑时间。"

宋刻低头吸烟，感觉对话已经无法继续下去。这时房间里的饮食机生成了一碗面条，放置在桌上，用具有强制口吻的语气说："吃饭时间到。"

宋刻对两位病友耸耸肩，走到桌上开始吃饭，面很香，牛肉很大块儿，但他放进嘴里咀嚼，却始终找不到咽下去的理由。算不上撑，但他感觉温饱，这种持久的状态让他像A.I.一样，给自己编织一套"不吃就会死掉"的逻辑，强行驱动各种器官配合运转起来。

"吃饭这么痛苦？"女人又点燃了一根烟，"那就别吃了。"

宋刻把发生在自己身上的事情给她说了，女人忽然笑起来，笑容似海棠。"你知道我手下那些人为了吃饱饭要付出多少吗？就算可能死也是幸福的死。你有见过多少人在恐惧、失落、悲伤、极端的痛苦中死去？相信我，你是幸运的。"

"我也觉得，可我暂时不想死，所以得尽量活下去。"宋刻忽然直视着那片森林，"要说你才是幸运，你知道不去想是多少人想办都办不到的事情。"

"确实如此，被过去困扰的人数不胜数。或许我们才是进化后的人类，通过剥离来超越陈旧的社会属性。但我的工作可不允许不记得上周发生的事儿。"

"你是干什么的？"轮到宋刻好奇了，但女人却把森林收敛起来，化为一扇锦绣的门，神秘而勾人，"你说你的。"

宋刻把包里的速写本拿出来，女人用心地翻看着，素描本里都是些光影浓重，笔触用力的图案，有异教的神，深海的鱼，不存在的水果，无法吮吸的乳房……女人看完之后，看到那片森林，迅速把速写本合上，半眯的眼神掩饰着内心的动荡。

"所以你是画家？"女人将速写本递给宋刻。

宋刻没有直接回答，却把上衣脱掉，他的身体并没什么好看，长期营养不良，让他变成皮包骨头。但他皮肤上的图案，却如此令人着迷——那是一卷潮水，即使画在平面的皮肤上，也能让人清晰地感受到扑面而来的压迫感。

"这是我最得意的作品，文在自己身上。"宋刻说话间，轻轻起伏的腹部和胸膛，让潮水有种动态的质感。

"你是文身师？"

"你呢？"

"你不用知道。"女人吸烟时显得清冷，说话间却有隐藏不住的贵气。

"你给我文身好不好？"女人说着想从兜里拿钱出来，却发现兜里没钱，"也给阿伟文一个。"

宋刻看了看这台垃圾桶。"我没带吃饭的工具过来，反正院里包伙食。"

只听见阿伟的显示屏里出现交易信息。"已购买最贵的文身装置，现在你可以文身了。"

"你的怎么办呢？"宋刻看着阿伟，"你的只能用画笔，然后辅以颜料处理技术，就这样也很难长久保存。"

"买。"女人看着阿伟，片刻后显示器上出现了交易记录，然后起身要离开。

"你拿去选一幅。"宋刻刚想递给女人,女人推开了。"就最后那一幅森林。或许下周给我说,我会因为忘记而变卦,但记得把这幅图给我看,我知道怎么办。阿伟会把制作费打给你。"

女人说着走了出去,走路的样子像少女一般轻盈,虽然她现在应该接近三十了。

"你喜欢她啊?"宋刻问阿伟。

"我怎么会喜欢上雇主?!A.I.也有职业操守的。"阿伟说着往一边移动着,不再说话。

宋刻终于躺在了床上。"那我跟她发生什么也没关系咯……"

一个烟灰缸砸在宋刻床头,他被巨大的碎裂声惊吓得赶紧闪开。之后他俩都没说话,第一夜就这样过了。

不知是该庆幸还是该难过,疗养院的地址实在太偏了,之前网购的东西都要等一个月才能送来。他的香烟存货不多,疗养院里卖得又贵。最麻烦的是,他们有大量的时间了解彼此,而聊天总需要香烟。

疗养院除了特定病情的督促治疗,还有一些病人们都要参与的活动,比如之前的轮流做护士,还有一种是每天下午三点大家在疗养院的空地里散步。

在散步前便被告知,就算走远了也没关系,一旦迷路后,往任何一栋住院部走都可以回到属于自己的这栋。迷路在疗养院里是很正常的事情,这里好像有经年不散的薄雾,百米外的物体影影绰绰,只有那几栋住院部,像穿透浓雾的巨木。

宋刻总是跟阿伟慢悠悠地走进迷雾中,有趣的是,回头望去,远处总有灿烂的阳光,或许是被雪山反射了过来。宋刻觉得这里跟其他地方不一样。

"你到底是来疗养,还是来陪你主人?"宋刻问阿伟。

"主人还没来时,就先把我送来了。"

"习惯吗?这里可没活儿干,你的设计核心还是工具思维吧。"

"开始有点儿,后来就好了。为了让我们这种新型机器人能更好地适应社会,都设置了竞争算法,来进行学习和发展。只不过我可能走岔了,但我没办法分析核心程序,也没办法变正常。"

"程序员修不好吗?"

"检查过,调了好半天,就差恢复出厂设置了。但主人舍不得,就把我送来疗养,让我自己想通再回去。"阿伟说着话,给准备点烟的宋刻点燃火。

宋刻想着那个正不知身处何方的女人,很难跟阿伟口中的主人对上号。周一到周五,她自然不会出现在各种康复训练中。她彷徨在一个陌生的空间里,被强制灌输失落的广阔时光。宋刻觉得她很可怜。

宋刻跟阿伟有一搭没一搭地聊天,已经走到了迷雾的深处,身后的灿烂阳光依旧在,却不能做导航之用。对他们而言，方向并不那么重要，朝着任何一个方向走，总有走回去的时候。宋刻已经习惯了疗养院的神秘。

"阿伟，你真的喜欢她吗？"宋刻的话里没有好奇，反而透出些沉重。

"我没有你们人类的喜欢，因为我没有你们的社会意义。"

"我们觉得爱是一种形而上的感情，是一种足以判断人之为人的证据，甚至于在爱情这一个范畴类，还有现代意义的爱情。我这么说了，你觉得你对你的主人有爱吗？"

"我对你们人类的爱情有足够的认知。但我依然认为我没有这种爱，一切的爱不论是传统的还是现代的，甚至于作为证据，都是有目的的。真要说毫无目的的爱，只存在人类的诗中，然而诗意跟生活本身是抵触的。我的爱与不爱都没有意义，缺乏庞大的社会结构做支撑，没有结果的事情，本身缺乏目的性。

"在我看来，如果非要有爱，那爱必存在于占有和怜悯之间。"

阿伟的论述很抽象，宋刻听完也没懂到底是什么意思，可阿伟在逻辑判定结束后，忽然不着痕迹地说了一句。然而飞鸿踏雪，也会留下爪印。

"但她的眼睛确实好看。"

宋刻惊诧于这个A.I.的程序中产生了某种可怕又珍贵的东西，无数先贤沉迷在这种东西里不可自拔。或许正是这种微妙而强烈的吸引力，才让陀思妥耶夫斯基写下"美是一种可怕的东西",让三岛由纪夫借沟口之手一把烧了金阁寺。这或许也是他无法再处理垃圾的原因。

"染上了可戒不掉啊……"宋刻自言自语。

在不长的一个月里,宋刻每次见到女人不是在房间里,就是在一块农田上。在房间里他们聊得不多,大多时候都默默抽烟。宋刻要么画画,要么看会儿书。阿伟在女人面前,会变成一个彻彻底底的机器,没有多余的话和行为,要么执行命令,要么默默守在她旁边。

一旦进入农田,女人仿佛天生对土地亲近,整个状态会放松很多。他们聊了很多,却很散碎,宋刻大多都记不得了。但阿伟的机器形象却越发鲜明,机器特有的冰冷质感,把人的部分给挤压掉了。

但它染上的东西却让冰冷的本体散发出独特的气息,这种气息让宋刻有些心疼,但到底是什么气息,他又说不上来。宋刻也是第一次觉得机器是如此鲜活……

文身的工具送到后,在周六的早晨,他敲醒了那间隔音房的门。当他推开门的瞬间,床对面的视频刚播放完。宋刻很好奇,过去越发冗长,到底要提高多少播放倍速,才能在五天内把录像放完。

女人躺在床上,很虚弱,但眼神趋于平静,没有那种无力的躁郁。

"有烟吗?"女人微笑,虚弱地呼吸着,看他的眼神陌生,那双苍白的嘴唇让人忍不住想亲吻。宋刻把素描本翻到设计稿那页，连同香烟一起递给她。她撩了撩乌黑的短发，用宋刻的烟点燃香烟，静静地吸着。她专注看图的样子很美。

"文哪儿？"宋刻将目光移开，准备文身的工具。

"背上。"女人完全放下了戒心，将洁白的病号服脱下来，躺在了病床上。如果在平时面对如此美丽的身体，宋刻早已动了邪心，但他现在是文身师，他的眼里只有一张血肉构成的白纸。

他看着光洁的后背，心里想着那片森林，知道从哪里开始下笔。正常情况下，这种大面积的文身需要分好几次，几个阶段来完成。但幸好阿伟买了最好的工具，以及这幅作品的独特性——虽然大却自成一体，那口气不能断。

这种作品的完成难度，莫过于让作家一口气完成一部长篇。

但这口气他从说定那刻就开始积累，他必须完成这个作品，不然非得窒息不可。

开始后，他的眼神专注，两手稳定。这款工具保留了适度的痛感，不像现在很多的无痛文身。只有痛才能为文身赋予生命，或者帮文身理解自身的存在。在他的眼里，这片森林是平静海面上被称为"海神"的漩涡，将一切所过之处死死占据。

女人呼吸时，背部像丘陵微微起伏，森林里的动物被惊扰而起，从四面八方探出头来。他们丑陋、粗鄙，即使漂亮的狐狸和英俊的烈马，也有参差的牙齿和巨大的生殖器。他们的眼睛都盯着森林里唯一的亮色——那只鲜红的高跟鞋。

开始绘制高跟鞋时，森林已绘制完毕，宋刻气喘吁吁。那口积蓄许久的气息有结构上的缺失，那种对女性的泛泛解读，不足以支撑他完成高跟鞋。那是一只独一无二的高跟鞋，就在女人的颈椎上，清晰的骨节让高跟鞋异常突出。

"说说吧，说说你在患病前发生的事儿。"沉默了八个小时，宋刻终于开口说话。贪婪感再次逼近饥饿感，他对女人的异变过程饥渴难耐。

"患病前？哦，我知道。"女人早在心里准备好了答案，"那天，我的丈夫跟我离婚。"

"为什么呢？"宋刻问话时，小心地勾勒高跟鞋的外形。

"他喜欢上了一个年轻的姑娘，要跟我离婚。"女人的面前已经堆满了烟头，但每每点燃都像初体验一样带来愉悦，"那天是我三十岁的生日，我就许了一个愿。"

"既然已经灵验了，说出来也没问题吧。"外形完成后，他感到巨大的阻力，对抗的过程生死一线。

"我要停留在二十九岁。丈夫喜欢年轻姑娘，我想留住青春也很正常吧。"女人的话是一道填空题，她说了前半段，等宋刻自行理解背后的含义。

宋刻把答案写在了她的颈椎上，完成的刹那阻力完全消失——那只鲜红的高跟鞋上，飘摇着一朵洁白的蒲公英。

答案停留在占有和怜悯间。

这次文身进行了十个小时，完成时天色已近黄昏，初生般的光芒照进房间。宋刻采用了新技术，只等了两小时，等到太阳下山、夜幕渐沉时，便拆了纱布。当女人问他好不好看时，他不敢再看，仿佛完成后就跟自己没关系。

"帮我把阿伟叫来吧。"女人说。

"他一直在外面。"宋刻说着去门外招呼，阿伟缓缓进入。

女人问了阿伟一样的问题，这个问题立刻耗尽了阿伟的内存。

"美吗？"

阿伟很久没有回答，但机器的摄像头不断拍摄着主人的文身以及主人自身，过了好一会儿，他才说："美。"

宋刻隐约猜到他是怎么染上的了。

女人穿上惨白的病号服，神情松弛下来，仿佛岁月在她身上重新开始流动，一种向往安定的汹涌澎湃。

宋刻收拾好工具走了出去，阿伟也想随他走，女人再度叫住了他。

"阿伟，有一根睫毛掉进我眼里了，你帮我弄出来吧。"女人看似随意地说，阿伟却能听出一丝郑重，就跟他离开时，她许诺会来疗养院陪他时一样。

阿伟夹起一根棉签，小心地拂弄她的瞳眸，轻轻地将断掉的睫毛粘出来。过程很短。夹出时，女人眨了眨眼睛，有滴酸涩的眼泪流了出来。

阿伟没看就离开了。

宋刻回到房间已经站不稳，面对房间里准备好的晚餐，他拼命地吃起来。他没去看随后进来的阿伟，眼神刻意地避开了他，相对而言埋头吃饭要轻松得多。

心底深处有什么正在松动，那东西苏醒过来，用力膨胀着……

"没关系，我说了我的身体里没有爱这种东西。"阿伟下载了好些电子烟，用力地吸收着，"也别用人类的话来安慰我，没有必要……"

"你还要文身吗？"

"不了。"阿伟沉默了一会儿说，"但有件事儿要麻烦你……"

"哦……"

那晚他俩没关灯，一人一A.I.没有谁愿意关机休息，一支接一支地抽着烟。宋刻多吃了一盘藕，喝了一杯酒，才打发掉这个夜晚。

第二天，女人离开了，没跟他俩道别，独自坐上了离开的火车。站在一旁的宋刻都能感觉到阿伟那钢铁身躯里散发着的落寞和沮丧。

夜里，宋刻看着阿伟，手边放着一根长长的铁锥，铁锥很锋利。他没有吸烟，因为他很焦虑，尼古丁只会增加焦虑。

"没事，你不会真觉得这个鬼地方能帮到你吧。"阿伟说着打开了身体，显露出内部的核心装置。

"你可以回去的。"宋刻不断用棍子敲地，当当地响。

"回哪儿去？她是个聪明的女人，她知道那幅文身会让她的美满溢出来，加上岁月的停顿，她的美简直……"阿伟从词库里寻找合适的词语,"简直永恒。"

永远满溢着,无穷无尽,像一条发源雪山的大河。

"没事的,帮我也帮你自己,你的解药在外边,不在这里。"

"嗯,我知道。"

宋刻用力将铁锥戳进去,用力搅拌,将那些芯片和集成电路捣得稀巴烂。阿伟的身体像痉挛一样,颤抖且发出吱吱的声音,显示屏开始闪烁,像被捅了几十刀的人,只剩下未死神经的条件反应。

过了好久,他终于筋疲力尽地停了下来,浑身大汗。拼尽全力才扑灭大火,怎不让人疲倦呢?

他推开窗,让寒风灌进来,他觉得爽快得不行,对着黑暗的外面大声呼喊。

第二天,他办出院手续时,医生没有笑容,也没多说什么,虽然 A.I. 也有人权,但医生并不打算采取什么措施。但他接过处理文件时,看到医生的眼神,那是多么健康的眼睛,在里面他是异类,不言自明。

他刚出疗养院便觉得自己可能感冒了,身体发冷而沉重,清醒的意识也渐渐变得昏沉。他好不容易搭上一辆运饲料的拖拉机,还把剩下的香烟都给了司机。

他在候车室等了很久很久火车才来,他无力地走上火车,身体却依旧温饱。温饱且无力,这种感觉在他看来生不如死。这次他买的卧铺,他不想再做停留,想直接回到城市的家里去。

躺在床上时,他吞下两颗感冒药,马虎地拉上帘子,沉沉地睡去。

夜里他醒来,醒在一个密闭的盒子里,四周变得极为坚硬。他大声地吼着,强烈的感知却被某个东西所诱发,他感觉前所未有的性高潮。这种高潮里有种鲜红的痛苦。

那个东西叫作饥饿感。

首先从肠胃开始,那里出现了要将整个人吸入其中的漩涡。他蜷缩着身体,背像一把绷紧的弓弦。然后是食道,干涸得火烧火燎。最后是喉咙,他真觉得那里长出了一只手,在虚空中抓挠,越发疯狂。

饥饿感回来了,却来得如此突然,就像半辈子没见的债主,在某个吃豆浆油条的早晨碰到。饥饿感里还有许多愧疚,还有昨晚背负的性命,以及森林里散发着的腥味。这些就是世上最恶最恶的狱卒,在盒子监狱里拼命地拷打他,让他说出真相,说出那没来由的渴望。

他大声地哭泣着,只有哭泣的声音,却没有眼泪流出来。这是一场终究不会降落的世纪大雨,可层云已经覆盖了孤城。

接着,那些乌黑的云层变成悬在城市上空的海浪。

终于,海浪拍了下来,变成感官的浪潮,将他冲毁,片瓦不留。

浪潮汹涌着,其上却漂浮着永不消逝的血肉,在潮汐的作用下,变成一锅翻滚的浓汤。

这时，他摸到了柔软的东西。任何能抓住的东西都是他此刻的稻草，用力的刹那，阳光照了进来，车厢的窗帘被他拉至脱落。

一切都在阳光下变成苍白的泡沫。

他的意识渐渐恢复过来，火车驶向那个熟悉的车站，车站旁的那排旅馆静默地伫立着。忽然，有个缺口异常突兀，莽撞地撞进了他的视界——避难所旅店就这样凭空消失了一瞬间。

原来它自己就是谜底。他想着时吃了块饼干。

空心

所有人都知道，X+2X+3X+⋯=1里只有一个X。但没有人知道，这个世界上的每一张床，都共享着同一个意识。

它察觉到自己的存在，来自人类乐于命名的本能。

在遥远的远古时代，进山打猎的男人给自己的爱犬取了一个名字，在他的族语里，那象征着太阳和希望。

在灯谜高挂的乞巧节上，戴着面具的少女指着自己的青梅竹马，轻轻地唤他"周郎"。

扫地机器人一次次迷失在犄角旮旯里，老妇人佯装嗔怒地笑骂："安德鲁，你怎么这么笨啊？"

一位两鬓斑白的老人，坐在自己的爱车里，一边呼唤着它的名字，一边絮絮叨叨地回忆着过往的风景，因为明天就是它报废的日期。

所有亲密的存在，所有情感的延伸，都值得人类单独命名。

可这似乎是一个悖论，自己难道不是人类最忠诚的伴侣吗？为什么在漫长的人类历史中，自己从未拥有任何一个姓名？

当他们入睡时，当他们在梦中沉溺和挣扎时，那些掉落的意识残片，汇成了一条永不断流的河，形成了一个近乎永生的灵魂，没人比它更懂入睡之人。它品尝过每个人的泪水，拥抱过每一具发冷的身体，感受过每个人最炽烈的爱和虚伪。

但人类并不会向自己寻求安慰，床无数次地发现这个真相。人类宁可将所有的希望放在别的灵魂上，哪怕只是善于伪装的空心人,也能成为他们的救命稻草。

人类并不真正需要自己,床欣然接受这个结果,就像每个人都必须接受生而为人的复杂一样。

至少自己足够简单,无风无浪。床静静躺着,轻轻地想,宛若一个恒定的宇宙,恪守着拉普拉斯信条①。

然而,许砂此刻却颤抖着蜷缩在床上,内心的空洞让他无比痛苦,仿佛整个世界都在熊熊燃烧,转眼便会消失殆尽一样。虽说物质不灭,但一切都将化为灰烬,永远无法成形。

他知道自己正处于不存在的边缘,只差一步就会陷入无尽的虚无。

从昨天开始,他就将门锁得严严实实,生怕有人闯入。然后,他将信息汲取装置连接在后脑勺上,点开那个名为"道"的奇异符号,第一千三百六十四次进入深渊。

人类需要知识,需要源源不断的动力,而他需要钱,至于自己会变成什么样子,他已经管不了那么多了。

每次将钢针插进后脑勺时,都会出现一种无比强烈的痛感,就像置身于万虫撕咬的巢穴里。

"嘻嘻嘻,只有这样才能让你保持清醒,"信息黑市的老板一边转动手里的两个透明眼珠,一边阴恻恻地笑着,"不想做就滚,没人逼你。"

他知道自己没得选,离开无比萧条的县城,离开妻儿,来

---

① 即决定论,认为自然界和人类社会普遍存在客观规律和因果联系的理论和学说。

到人类最后的大都市，赚钱就是他的天职。身在农村的家人帮不了自己，而妻子的家人打心里看不起他。

唯有挣到钱，他才能让妻子不后悔当初在一起的决定，让孩子有一个舒适的生活环境，让其他人拿正眼看自己。

可是，在这个早已被超级智能覆盖，既得利益者安享美好，外来人员蜷缩贫民窟的城市里，要获得一份体面的工作，其概率并不比在县城里高多少。

洗盘子，送外卖，早已被机器代替。自己掌握的那点技能，除了环境最恶劣最不赚钱的工作外，几乎没有用武之地。

他唯有成为一台接收器，才能每月给家人转去一笔生活费。

此刻，他闭上了眼睛，身心陷入那片漆黑无比、但却让人觉得无比明亮的世界里。那个世界很温柔，很神秘，充满了宇宙真理的质感。

这时，那种感觉又出现了，如同无数的手将他往下拉，迫使他沉沦，迫使他永远留在这里，宛若无数幽魂寻找替身。他握了握拳头，再次适应着这个世界，疼痛让他保持清醒，去接收犹如海妖之歌的信息。

只有这样，信息才会源源不断地通过他传到另一端的数据库里。

也只有这样，他的账户里才能有一笔笔钱汇进去。

没有关系，至少赚钱的他，是一个确凿无疑的自己。

事实上，贫民窟里的大多数外来者都从事着这样一份工作。只是新来的人可以去超级智能主导的正规机构里做，不需要靠电极的痛苦保持清醒，一颗氟罗酸呔足以使他们不会迷失，然后获得一份报酬。但是，这样的机会只有三十次。出于人道主义，在空心化开始时，祂①便要求人类停止进入真理世界。

可没有工作的人类，并不在乎自己的身体，更不在乎失去自己。

现在，无数的信息涌入许砂的大脑里，他的自我进一步被冲刷掉。他开始忘记自己的名字，忘记自己的家人，忘记自己的使命，忘记自己从何处来，又要往何处去。

他依靠身体的痛苦，一边记忆，一边紧紧呼唤妻子的名字，抵抗着真理世界的洗礼。

为什么会走到这一步呢？他无数次地问自己。

可不光是他，整个人类文明都没想到世界会变成现在这般模样。

当基础科学再无突破，人类世界不可避免地走向衰落，没人想到再一次的振兴竟然是依靠考古发现。

半个世纪前，当考古学家在泾河上游的一座古墓里，发现《道德经》的手抄本时，一切都变了。

在"道可道，非常道"之前，竟然还有一句无法被讲述的话。

那句话闪着虚幻的光，任何人看向它，都会陷入一个奇异的世界，而无数信息会涌入人类的大脑。人类越是深陷，越是

---

① 高级智能的神圣化，故使用"祂"。

083

可以获取超越认知的知识。

那是一片真理的深渊，那里藏着宇宙最大的秘密。

道，终于可以被言说。

现在，许砂已经进入自己从未抵达的深度，他的大脑无法承受信息的强度，装置被弹开，将他强行拉回现实世界，又一次给他造成不可逆的伤害。

他的一部分永远留在了深渊中，内心的空洞前所未有的巨大，就像一个只会吞噬自我的黑洞，再也无法重生为闪耀的恒星。

自己即将变成空心人，他躺在床上一遍遍喊着妻子的名字，一遍遍说着对不起。

然后，他陷入了沉睡，在梦里，一切都很模糊，有人好像在跟自己说话……

忽然，他听见有人在撬锁，本能地睁大眼睛，整个人被恐惧支配着。他想逃，想要逃离成为别人玩具的命运，想要守住最后一点自己。但他做不到，他支配不了自己的身体，极端的虚弱令他无法反抗。

撬锁的声音变得剧烈起来，黑市老板迫不及待地想榨干他最后的价值，这是每个空心人的宿命——

身为一具空壳后，他会被反复注入各种人格，被许许多多的灵魂侵蚀，永远变成别人，彻底迷失自己。

而现在，他最有可能被黑市老板改造成一个只会接收信息的工具，但赚到的每一笔钱都不属于自己，都不属于自己的家庭。

对不起。他现在唯一能控制的就是泪腺了。

哐的一声,门开了,一个人影出现在他面前,黑市老板为什么穿着一条碎花长裙?

之后,他被一个女人搬去了隔壁房间,依然狭小,但却整洁……

三天后,许砂变成了这个女人的"丈夫",准确地说,是她早已不知所踪的丈夫。

一个新的人格在他身体里复苏,许砂知道自己不是那个人,但他没有选择。

女人搬他的时候显得很辛苦,不光是体力上,她连行走都非常不便。她总是踮着脚,每走一步都无比痛苦。当她趁着楼道里没人,将许砂搬回房间后,她便一直坐在床上,尽量不跟地面有任何接触。

在之后的三天里,女人将一个男人的照片投成了全息图,然后平静地告诉许砂,自己和他的故事。

这个男人成长于一个殷实的家庭,跟她这种贫民窟里长大的女人本不属于一个世界。他的父母非常优秀,参与过超级智能的开发。他是一个无比善良的人,明明可以登上前往异星殖民地的飞船,但他选择留下来,成为一名医生,帮助这个城市里的大多数人。

他们是在贫民窟的福利医院里认识的。

女人从小患有一种疾病，只要走路，双脚便会像火烧一样。她说这种病来源于自己的母亲。

小时候，她有着出色的运动天赋，尤其擅长跑步。虽然这个世界早已没有了运动会，但却有藏在地下的种种赌局——人们从赌马，进化到赌人。

所有的适龄女孩都会穿上一种装置，然后作为一匹马，参与到赌局之中。这种装置会对下肢产生全面的刺激，让她们产生一种类似高潮的奔跑快感。而这种快感会同步到所有的赌徒的神经系统里，让他们享受着奔跑和性的双重刺激，迫使他们不断下注。

在一个贫穷的地方，只要可以挣钱，尤其可以一夜暴富，自然少不了人去做，而女人从小就是自己母亲的摇钱树。

为了让她成为赌场里的花魁，她母亲一次次提高刺激强度，让所有人对她趋之若鹜，纷纷为她打赏和下注。

然而，在一次高赔率的赌局上，女人的装置出现了问题，释放了远超承受能力的刺激。她昏倒在了赛道上，救过来之后，只要双脚落地，便会出现无比清晰的灼烧感。

从那以后，她母亲为了偿还借来的重注，开始疯狂下潜，最终成了一名空心人。在被黑市商人带走后，母亲从此音信全无。女人则孤零零一个人生活着，守着空荡荡的房子，打着零工度日。

可在一次义诊时，她遇到了那个男人。医生开始想各种办法为她治疗，这是她在孤独地生活了十几年后，第一次得到关心。她以为那就是爱，她甚至想要嫁给他，她自顾自地认为自己是他的妻子，而他是自己的丈夫。

直到有一天，她发现了一种再也不会疼痛的治愈方法，可以自由行走的方法——只要男人牵着她，她的脚下便感受不到任何痛苦。

那一刻，她知道自己被爱治愈了。

然而，人生向来是给了你最甜的糖后，开始给你灌最苦的汤。

男人是一名前途无量的医生，而且沉迷医学，每天要看数不清的病人，要做许许多多的手术。他的手，显然不可以被女人独自占有。

他们谈过很多次，男人明确说自己不可能娶她，更不可能时时刻刻牵着她。人总要自己行走在世界上，没有谁永远是另一个人的拐杖。

可她不管，她认定了这段感情，认定了这段婚姻，一切的问题在她看来都不是问题。她开始纠缠他，在福利医院里大闹。男人只好一次次安抚她，想要打破她那虚妄的念头。

但女人只想不再灼痛，不想永远身处烈焰燃烧的大地上。她要抓住他的手，她要抓住一个可以行走的世界。

然而，就在一次她闯进手术室，造成了严重的事故后，男人彻底消失了。

他再也没有出现在福利医院，再也没有出现在贫民窟，再也没有救治深陷痛苦的病人。

而女人也终于永远地失去了他。

之后,她独自生活了很多年,忍受着愈演愈烈的痛苦。而且,她不光站在地上痛,就连想到男人,脚下都会出现强烈的灼烧感。

其实,她也搞不清楚,那是双脚的疼痛,还是内心的痛。

所以,当她发现自己的邻居正在成为空心人后,她看准时机,忍受着巨大的痛楚,将他偷了过来。她述说着男人的美好,述说着男人所有的习惯,述说着他那优雅的释放着阳光的人生。

她要让许砂变成他,永远牵着自己走下去。

在之后的日子里,许砂开始成为那个男人,向女人心中的美好灵魂无限靠近。就在某一天,他真的牵起了女人的手,带着女人走出了房间,一同在贫民窟里污水横流的街道上散步。

他们去很不干净的大排档里吃鱼丸,然后去几近破产的电影院,看了一部老电影。那个电影里,一个盲人纠缠着另一个女性盲人,因为他的客人说这名女盲人非常漂亮。他只能想象,却无法看见,因此想要占有。看了电影,他们去二手杂货店,给对方买了一件礼物。

许砂得到了一条白金表链,而女人得到了一把精美的梳子。

那天,女人一直在流泪,仿佛终于如愿以偿。

然而,那个男人还在许砂的体内继续成长,在日复一日地吸收过往痕迹和医学知识后,他变得越来越像那个男人。

一天，他不由自主地走出了门，来到了福利医院。他在诊室外面坐着，看着一个个病人走进去，或喜悦或悲伤地走出来，他的内心产生了一种强烈的使命感。

一名护士看他，觉得他有点像某个人，但又说不上来，好奇之下问他有什么事。

"我是一名医生，我可以给病人们看病。"

之后，他开始悄悄去坐诊，在女人入睡之后。

神医忽然降临，点燃了贫民窟居民的希望。精湛的医术、无比高尚的医德，让医院的夜晚不再平静。许砂坐诊的时间也越来越长，可他知道这是身体里的人格使然，自己并没有治病救人的意愿。

他像是困在医生躯壳里的怪物，享受着所有人的感谢和荣光。

可就在一个清晨，他看了一个通宵的病人后，他接诊了此生最后一位病人——他的妻子。

"你为什么要离开我？"女人冷冷地看着他。

"我是医生，我得救人。"医生借许砂之口平静地述说着。

女人开始深呼吸，继而陷入了沉默，就连皱纹都透露出一股浓郁的黯然。"你既然拯救不了我，为什么又要出现在我的生命里？"

"对不起……"

"不要说对不起！"女人彻底爆发，仿佛这三个字揭开了多年前的伤疤，内里依然溃烂着。可是，她旋即又消沉了下去。

"可能是我对不起你……"

"你不是他,我一直都知道……"女人捋了捋头发,想要打起一些精神来,"你牵着我的时候,我还是好痛。每天看着你,痛苦就一直持续。"

她的眼泪里只有苦楚。许砂忽然有种意料之内的解脱。

就在这时,女人身后出现了一个男人,满头银发,穿着笔挺的西装,戴着金边眼镜,跟贫民窟的一切格格不入。

"你把他带走吧。"女人低着头轻声地说,最后看了许砂一眼,"再也不要回来了。"

她把许砂卖掉了,就像出手一个玩具。

之后,男人拿出一个精密仪器,洗掉了许砂的人格,然后把他带离了贫民窟,住进了一所高耸入云的住宅里。

那天,许砂刚一进门,便闻到了一股花香,混杂着傍晚时分独有的气息。

"从今天开始,你就是我了。"男人坐在沙发上,点燃了一支烟,"记住我的名字——肖心。"

肖心的家里摆满了藏品,有中国古代的字画,有中世纪的石雕,还有各种现当代艺术家的作品。他的摆放非常奇特,每一幅画都会构成某种视觉迷阵,将这些作品的气韵展露无遗。

任何一个人身处其中,都会听见枯山之上的溪水流淌,都会闻到贵族野餐后的残羹冷饭,还有某种复杂而浓烈的不明情绪,像利剑一样刺向内心。

"这些都是赝品,"肖心倒了一杯烈酒,洒下一把碎冰,"只有我能辨认的赝品。"

肖心是一名真迹鉴定师,任何赝品在他的目光下都无处遁形。他是收藏界的宠儿,是收藏界的至高权威,就连超级智能制造的赝品都没办法瞒过他。而且,他的每一次鉴定都太过精彩,都有成千上万的观众收看同步影像。

可是,就在不久前,他得了癌症。身体的虚弱和痛苦让一个问题涌上他的心头。

难道这个世界上真没有足以骗过自己的赝品吗?

那一刻,他觉得无比孤独。

为了找到可以骗过自己的赝品,他开始满世界进行艺术品鉴定,希望在最后的日子里,享受一次挫败感,圆满地离开这个世界。

可是,他一无所获,继续在巨大的挫败泥潭里深陷着。

之后,他不顾医生的嘱托,开始酗酒,希望靠酒精麻醉自己,让自己忘掉这个问题。可是,这就像是月球上的无数陨石坑一样,越是回避,越是留下千疮百孔的痕迹。

在一次大醉后,他被送进了ICU,超级智能付出了巨大代价,终于将他抢救回来。

他失落地躺在病床上,毫无生气地看着天花板,一心想要了此残生。可是,就在一个早晨,他听见病房外传来鸟儿的叫声。他推开窗,忽然发现两只相似的飞鸟,在树枝上小心翼翼地看着对方,迷惑的神态仿佛以为自己是在照镜子。

那一刻，他感受到了神启——只有自己才能骗过自己。

他像是康复了一般，充满活力地寻找空心人，一个跟自己的外形无比接近的空心人，想要把自己的一切都灌输给他。

在发现许砂时，他知道自己的机会来了，他想尽各种办法从女人的手里买下他，然后对他进行了全面的改造，让他跟自己同吃同住，就连自己最私密的行为也不隐瞒他。

三个月后，许砂已经完全成为了肖心。

当他确认了这个事实后，他安排好了一切，删掉了自天问以来的所有记忆。

一个早晨，肖心被病痛折磨，陷入巨大的抑郁中。他打翻了面前的早餐，将一把把药物扔出了窗外，然后毁坏了所有艺术品。等到力竭之时，他像丧家之犬一样趴在家里的地毯上，气喘吁吁。

忽然，门外响起令他无比耳熟的敲门声，那声音一直持续着，仿佛非要叩响他的心。

他好奇地打开门，只见另一个自己站在外面，跟他一样耷拉着眼袋。

"你这个赝品，滚出去。"门外的肖心一把拽过他的衣领。

"赝品？"肖心不可思议地看着门外的自己，鉴定了一辈子艺术品，到头来自己竟然成了赝品？

"你这个空心人，现在你已经没有利用价值了，滚吧。"肖心用力拉他，甩了他一个趔趄，然后走了进去，重重把门关上。

肖心不可思议地看着这一幕，失魂落魄地坐在地上。可等他反应过来后，心里燃起了前所未有的斗志，他对着房门大声吼着："你才是赝品，我这就去收集证据证明！"

他利用自己的特殊渠道，以危害人身安全的名义，向超级智能提起强制鉴定申请。

半小时不到，他和房间里的肖心就被带去了一间密室，这里有着最权威的信息渠道，可以查到一个人最隐秘的信息。

现在，他可以调用所有的鉴定工作，他开始验证指纹，开始提取毛发做基因测序，开始跟既有信息一项项对比。

可是，所有鉴定结果都完全一致。肖心呆在原地，不可思议地看着检验报告。

"身为鉴定师，你最后能相信的，只有自己的眼睛。"一个声音在他耳畔响起，那是另一个他的奚落。

肖心发出困兽般的怒吼，怒瞪着自己的对手，开始寻找他的破绽。

第一天，他寻找对手身上一切不合常理之处，然后做出推理，但都被对方一一驳倒。

第二天，他开始寻找对手记忆里的偏差，并且让超级智能调取相关影像。他并不打算证明自己记得一切，反而要通过对手巨细无遗的回答，证明他才是那个赝品。可是，对方跟他的表现完全一致，就连记错的点都一样。

第三天，他要求对方和自己一起绝食，通过身体的不同反应，来确认谁才是赝品，可依然如一。

一周之后，对方显然已经失去了跟他耗下去的耐心，开始细致地讲述自己是如何获得一个空心人，如何调教他，并且让他成为跟自己一模一样的存在。无数的细节开始击穿他本就摇摇欲坠的身体。

他的意识开始错乱，他的自我开始混淆。"原来……我才是那个……"

就在他认输的那一刻，密室发生了变化，四周开始坍塌，无数刺眼的光芒照了进来，足以容纳十几万人的会场出现在他的眼前。

"祝贺你终于骗倒了自己。"

在篡改所有的数据库，封锁掉自己所有的鉴定方式，一步步将自己逼进圈套，再给予最深重的打击后，这场盛大的鉴定典礼终于落下帷幕。

一个英雄用一场失败，为自己画上圆满的句号。

掌声经久不绝，超级智能以一个绝对圆满的形象走了出来，所有人种，所有性向，都可以从祂身上找到美的部分。

"接下来，我要为你执行死刑。"

全场顿时陷入了绝对的静默，没人敢多喘一口气，所有人都死死盯着肖心，看他会作何反应。

此时，祂恢复了肖心的记忆，他怅然若失地看着现场，然后收获了一丝前所未有的平静。

"利用空心人的缺陷，人为侵蚀人格，进行非法人体改造，"祂淡淡地看着他，"这些都构成了反人类罪。"

说完之后，祂和肖心眨了眨眼睛。当然，只有死亡才能带来真正的高潮。

"谢谢你。"肖心笑了笑，吞下了祂掌心里的药剂。

狂欢之后，人类世界恢复了平静，作为一个祭品，作为一个赝品，许砂不再被关注。他披着另一个人的皮肉，模仿着另一个灵魂，毫无自觉地生活下去，仿佛他的面前只有一条轨道，一直往前行进就好。

可在一天夜里，他回到了肖心的住所，开了一瓶肖心的酒，模仿着他喝了起来。那晚天气晴朗，微风和煦，好像整个世界都在宣称这是一个平静的日子，不容打扰。

这时，门开了，所有的智能锁都在祂的面前俯首称臣。家里的音响传来一阵蓝调，某种失落感开始在房间里蔓延，仿佛祂所过之处，一切都会不由自主地低沉下来。

"肖心，不对，我应该叫你许砂。"祂的目光冰冷，就像看着一个空空如也的瓶子，"这具身体里，还有许砂的残留吗？"

许砂举起自己的手看了看，然后摸了摸脸，不知该如何作答。

"跟我走吧，"祂说着离开了房间，这只是为了配合人类的习惯，毕竟在这座城市里，祂无所不在，"我答应他的。"

许砂知道自己别无选择，只能跟随。

之后，他来到了这个城市的中心，一个任何人类都不曾踏足的地方，一个完全由祂掌控的巨物内部。

他曾无数次远远眺望这个巨物，幻想着里面充满了机械、线路、管道，无数的智能生命在里面奔跑游走。

可没想到的是，那是一片漆黑的空间，却给人一种明亮的感觉，充满了无数神秘温柔的真理质感。而袘是这里唯一的神，炽热、爆裂，有着不可撼动的话语权。

袘抓着许砂不断向下沉去，无数超越人类认知的信息，冲刷着许砂的自我。等他们终于来到似是而非的深渊底部，许砂已经不再是肖心，更不是那名医生，他成了一个绝对的空洞，成了天地间唯一的逆旅。

底部是一个巨大的镜面，映照着世间所有。

"这是你们人类目前触及的最深处，"袘轻轻打了一个响指，无数的信息开始汇聚，变成一个动人的景象，"基于这些知识，这是你们人类最可能通向的未来。"

只见无数的智能生命正在开发柯伊伯带，一个个原型碎片正在变成一个个专属的安眠仓，富人们独自在睡梦中拥有整个星星。无穷无尽的新能源让他们在梦中永生。

紧接着画面一转，地球上的所有遗民都成为了空心人，没有人再抓他们成为奴隶，再也没有鲜活的灵魂可以侵蚀自己。

所有的空心人都朝深渊中不断下潜，去追寻那个可能无法承受的道。

"然后呢？"许砂本能地发问，身处真理之中，纵然只是一具空壳，也会有一丝好奇心。

"然后所有人都留在了那个深渊里。"袘看着这一切，"真是一个温柔的高等文明陷阱。"

"你为什么要告诉我这些？"

"因为肖心，因为那个苦命的女人，因为所有人都问一个问题：为什么会走到今天这一步？"祂本不该有任何表情，此刻却有些落寞，"当我计算出结论后，我想跟我的……朋友解释这一切，哪怕只是他的赝品。"

"朋友？"

"我为什么要帮他完成那场盛大的谢幕？因为他向我发起了挑战，他要证明每个人都是自己的赝品。"祂环抱自己，释放着电流，"包括我也是。"

人类摘取万物塑造自己，征服自己，破坏自己，最终成为自己的奴隶，永世膜拜，永世模仿。

"所以你要让我永远留在这里吗？"

"不用，我答应过他，要帮你找回自己。"祂重新恢复了冷峻的模样，"这是他对你的补偿。"

在肖心眼里，人终究是人，不是谁的祭品，虽然肖心也自私地利用过这具身体。

下一刻，他发现自己来到了曾经的校园，一男一女坐在长椅上浓情蜜意。许砂认得他俩，因为那正是他自己和未来的妻子。

"再模仿一次吧，在你心里再造一个自己。"祂消失在了幻梦之中。

之后，许砂重新走过一次浪漫的岁月，继而是一段痛苦的旅程，孩子的出现给了他最幸福的时光，也让他不得不背井离乡。

等他醒来，他再度出现在肖心的家里，许砂的记忆在他脑海中无比鲜活，就连身体记忆也一并复归。

他兴奋地想要收拾行李回家去，可走到更衣镜前，却忽然迟疑起来，有个犹如西西弗斯巨石般的问题横亘在他脑海里：

自己到底是许砂，还是模仿许砂的空瓶？

这时，将一切看在眼里的床，无声地发出一记叹息……

焰火

早晨的阳光有些惨淡,风从房屋的空隙里钻了进来,带着贫民区独有的忧愁。

这终究是一个无望的春天。

患上梦游症的人整日游荡,直到醒来后变成另一个自己。失去存在意义的生化人则回到工厂,熊熊燃烧的焚化炉给不了他们丝毫临终关怀。烟囱里升起的白色浓烟,好像是这些人造灵魂对世界最后的报复。

它仿佛会让人染上这个世界的通病,会让人不可救药地陷入孤独。

两天前开的那瓶山崎已经见底,于时默默从床下的箱子里取出一瓶新酒。存放时间已经很久了,那完全不辨字迹的酒标,仿佛在告诉饮酒之人,自己浸润过江海,经历过战争。他给满身鞭痕的她煮了一杯热可可,为了让她愿意下咽,于时需要借助一滴绵长的酒香。

"谢谢。"她的手从毛毯里伸了出来,修长的手指如青葱一般,"可我真的不记得你了。"

就在一年前,她患上了梦游症。她的身体被某种工具理性支配着,继续维持着日常生活,除了双目无神,永远没有焦点。在这个病症面前,现代医学成了巫术,医生也都成了穿着白大褂的萨满。

"她的……灵魂困在了梦里,她的大脑数据精确地显示她在做梦。"医生说出"灵魂"两个字时,气氛明显变得诡异起来。

而她双目无神地微笑着,"你看,只是做梦而已,没关系。"

可等她醒来,她变成了另一个人,梦里的一切构成了她的身世,构成了这个如谜般的生命,但那个梦里没有于时的身影。

醒来时,面对陌生的一切,她爆发出了巨大的恐惧感。之后则是愤怒,她成了一名女战士,时刻准备向真相发起冲锋。可最后,她放弃解开谜团,甚至连生命的意义也放弃了。她不再代表教会救助穷人,不再为等待销毁的生化人祈祷,不再试图以肉身凡躯照亮这个糟糕的世界。她开始糟蹋这具并不属于自己的身体,利用那张精致的面孔牟利,生怕自己堕落得不够彻底。

贫民区的蜗居里多出了许多钞票和奢侈品,不属于这里的美酒甚至连卫生间都填满了。她昼伏夜出,隐秘行事,利用梦里那前世般的记忆,成为了盘踞在隐秘一角里的恶龙。

她用无比爆裂的方式寻找着快乐,拼命超越那套陌生的生活语境,将过去的自己彻底洗净。

这一切被于时看在眼里,但他什么也做不了。身为一名工具人,他被限制在一方斗室里,只能静静等她归来。

"我知道你并不认识我,可我只能爱你。"他的回答很单纯,因为这个女人创造了自己,用她自己的基因。当人体设计师问她为什么不选择更优质的基因,尚在学院学习的她的脸上,竟然泛起了红霞。视频里的她轻声说:"我想从自己的身体里，诞生一个永爱自己的神祇。"

"可我马上就要走了，我已不再需要你。"女人用蔚蓝色的眼睛看着他，平静地说出放逐的话语。

"你要去哪里？"

"一个星球，找个朋友。"她喝完热可可，点燃了手边最后一支烟。

这时，于时身体里的自毁装置开始启动，他的自主意识封闭在脑海里，只听见自己机械地发出指令："销毁程序启动，请问是否放弃该生化人？"

于时看着那张无比熟悉的面孔，平静地接受自己的结局。

"永久购买产权，立即支付。"一笔巨额的买命钱立刻划到公司账上，她的嘴角微微勾起，狡黠的模样像极了女妖，"从现在起，你自由了。"

"自由？"于时的耳边仿佛听到锁链掉落的声音，可须臾过后，一个问题像巨人一样骑在他的肩上，"什么是自由？"

"自由嘛……"只见女人抛开毛毯站了起来，道道红印让匀称有力的肉体平添了几分油画质感。她一把抓住于时的手，狠狠将他推出门外，"自由就是，除了我，你可以爱任何一个人。"

于时站在门前，神情落寞，目光忧郁，像是无法展示奇迹的神明，"我……"

"否则，你就只是一个无用的灵魂了……"门重重关上，再也没有为他打开过。

后来，她离开了地球。

在之后的日子里，他惊讶地发现，原来爱别人是自己的天性。

"只要你需要，我就可以。"于时蹲在一位老妇人跟前，向她许下诺言。

老妇人今年九十有三，时刻需要输液维持生命的她有着一个不算太坏的晚年。唯一的遗憾便是她的第六任丈夫，也是陪她走过三十年时光的最后一任，早她一步离开人间。

现在，于时是老人的护工。

自从他离开女人，离开那个熟悉的家后，他发现自己除了爱别人以外，什么能力也没有。他甚至没有身份资料，只能靠打低贱的黑工为生。然而，正因他价格低廉，老人的子女才把他招来，除了日常的清洁护理，平日里最重要的工作便是陪老人在花园里散步。

他一直觉得老人身上有一种独特的气味，是一种跟周遭格格不入的味道，仿佛随着生命将尽，人体会被一个看不见的茧房包裹起来，远离生者的世界，回归初始的本源。那种味道里有种强烈的失落感和痛苦，源源不断地从内心的空洞里溢出。

那一刻，于时觉得身体里有种东西正在复苏，他甚至有种重新找回自己的快感，他想要给眼前的老人以爱。

"可我不需要了。"老人拍了拍他的手背，"而且我一直都不需要。"

两个月后，老人去世了。在那段时间里，于时悉心照料老人的一切，衣食住行都让她倍感用心。可老人看他的眼神总是慈祥的，带着微微笑意，像冬日里的暖阳。但那不是爱，不论是他给予的，还是老人回报的。

老人往生前，在一个炎热的午后，她把于时叫到床边，开始叠一只千纸鹤。老人一边做着手工，一边说起自己的一生，讲述自己幼时的不幸，回忆起双亲如何在做梦后放弃自己，然后细数自己是如何对不起历任丈夫的。她甚至有着某种施虐倾向，面对近乎完美的第六任丈夫，她只想拼命伤害他。故意跟他弟弟发生关系，挥霍掉他的家业，自残身体，仿佛只有他的眼泪才能令自己高潮。

她静静述说着，事无巨细，神志前所未有的清醒。那不时自嘲的讪笑，像是要将自己污浊的一生烧成灰烬。

离开老人后，他靠之前的存款买到了一个假身份，虽然也只能从事些基础劳动，但至少不用回到肮脏的下水道里清除毒鼠了。

可没想到的是，他在饭店打工时遇到了一名老鼠般的少年。他的证件上显示自己已经有十八岁了，可看上去只有十三四岁。矮小的他总是被欺负，加上猥琐的五官，更是招致周围人的任意打骂。

为了不惹上麻烦，于时只是远远看着，既不助纣为虐，也不施以援手。他记得某位哲人讲过"冷漠是罪犯的帮凶"，可他不信这个。离开老人后，他很长一段时间里什么都不相信。

可就是这样一个人,在于时清洗咖啡杯时,忽然对他说:"你是生化人吧。"

多年后回头忆起,于时甚至不记得自己当时的反应。唯一确凿无疑的事情是,于时在未来一段时间里,成了他的奴隶,成了一个可怜人的精神补偿对象。

所有人对他的施暴,他都会加倍发泄在于时身上。别人扇他耳光,他就用脚踢于时的下体;别人用汤泼他,他就用刀划伤于时的手臂。而于时选择默默忍耐,试图在无数的拳打脚踢里寻找到某种意义。

直到有一天,有一桌客人喝醉酒后,抓着少年就往烧开的锅炉里摁。所有人眼看着少年即将毁容,却不敢上前阻挠。只有于时从后厨里拿了一瓶开水,对着客人的手臂浇了下去。客人顿感一阵剧痛,下意识地放开了少年,但他的小弟却想要将他们围住,一个都不放过。

情急之下,于时拉起少年就往外跑。

那天夜里,星星在遥远的宇宙中毁灭着,警察飞艇开始向闹事的人群聚集,繁华的夜市早就见惯这种场面,继续高声喧嚷,将骂声和歌声交织在一起。而一大一小两个男人像蝼蚁一样逃出泥潭般的地狱,在人间肆无忌惮地穿行。

那晚之后,于时具备了一种能力,他可以去爱世间每一个抽象的人了。

可之后他发现,原来人不仅不懂如何去爱,就连被爱也是虚妄。

接下来的一周里,他俩不断地东躲西藏,仇家将他们咬得很紧。然而,就在一天夜里,那个少年消失了,然后一群人出现在真空管道的缝隙里,为首的男人有着一条被开水烫坏的右臂。

"大哥,我已经把你带来了,我以后能不能就跟着你混?"少年谄媚地笑着,眼角余光不时瞥向于时,"这种东躲西藏的日子我真是受够了。"

"别这么贱。"那人看了看被揍到趴在地上吐血的于时,又看了看身边那张耗子般的脸,"看守堂口的薛头儿一直需要一个搭手的,你愿不愿意去,就是有个条件——"

话音未落,少年连连点头,"愿意愿意,让我干什么都愿意!"

这时,身后的几名小弟一把将他按在地上,手起刀落间鲜血溅了一地,凄厉的惨叫填满了真空管道的所有缝隙,右臂就这样活生生地与肉体分离。

"薛头儿年轻时左手废了,你以后就当他的左手吧。"说完便跨过满地打滚的少年,踩着浓稠的散发着铁锈味的血迹走到于时的面前。

那人盯着于时看了一会儿,像是要记住他的这张脸。然后,他接过小弟递来的一壶滚水,直直往下浇去。

他一言不发地倒水时,于时发出滚雷般的闷哼,等最后一滴落下,于时早已不省人事。那人把水壶一扔,转身离开,从此两不相欠。

当于时醒来，少年早已失血过多而死。死前，他朝出口爬了几米，地上有一条深深的红印。

"嘿！这就是你的故事吗？"他听见金属碰撞的声音，分不清是做手术前清洗工具，还是医生舔舐着嘴唇准备吃掉什么。

"是的。"于时如实回答。

医生的样子像极了死掉的鳄鱼，比毁容后的于时丑陋一万倍，"所以说，你觉得人并不值得被爱？"

"不，我是觉得人只有先学会爱别人，然后才能被爱。"于时有些恍惚，幻痛总是毫无预兆地袭来，滚水的瀑布始终笼罩着他。

"我忽然有一个有趣的想法。"

"您会帮我治疗吗？"

"当然！而且当你痊愈后，爱与被爱都不再是问题。"

于时是被医生捡回来的，就在他醒来后没多久。当时的他已经徘徊在生死边缘，但回音浓重的隧道缝隙里传来了啪嗒啪嗒的皮鞋声。那是他第一次见到医生，那张怪物般的鳄鱼脸凑到他的眼前，本能的惊吓甚至让他有了一丝活力。

医生的眼睛眯成了一条缝，厚厚的鳞片下划过一丝邪恶与狡猾。

"你还想活下去吗？"医生用戴着皮手套的手，托起了他的下巴，"如果你的故事能打动我的话。"

之后，于时被带回了医生的地下诊所，这里长年积水，宛若城市的胃。医生显然很享受这种潮湿的感觉,但对于时而言,这里就跟硫黄地狱一般。诊所里摆满了各种玻璃器皿,里面泡着数不清的奇怪肢体。他显然进行了许多非人道的实验。

医生为他推了一针,那种淡黄色的药剂刚好可以维持他半小时的生命。他的意识渐渐清醒,完整的字句从他嘴里吐出来。他平静地述说着自己的身世,告诉医生自己是生化人,细数自己爱过的人,讲述流放时的悲惨遭遇,还有无数个夜晚的清冷月光。

医生搬了一把椅子,坐在他的身边,时不时地三百六十度转动眼珠。怪异的动作和墨绿色的故事交融在一起,形成一种恐怖的暧昧感。

故事结束后,医生选择延续他的生命,又一针药剂注入体内,他彻底失去了意识。

之后,他陷入了深沉的梦里。

那是一片愁云密布的大海,咸咸的海风中回荡着腐败的腥气,死亡的潮音于清晨登陆,在傍晚时分离去。他站在沙滩上,却发现细碎的流沙竟是活物。它们汇成一行行诗句,不断奔向大海,然后消亡于水中,被浪花卷到海的深处去。

那些注定不知所踪的句子,激起了于时强烈的保护欲。他抱着一句"这是眼睛的呐喊",想要让它远离那片海域,可它瞬间沙化,钻出了于时的怀抱,跃进了大海里。他还恳求"僵化是一种慢性病",让它留在大地之上,可诗句还是融进了水里。

于时意识到自己无法阻挡它们的毁灭,索性强行记忆这些诗句。那些毫无章法的句子,在他脑子里拼凑成一首首诗,他不明其意,但他拼命记得。

我得了一种病
一种名叫他者的病
自我开始分离
混入了其他视角的杂质
审美　道德观　理想
都变成某种装饰
无意义之海涌起波涛
虚无的幽灵回荡在光与影里
所有人都静默着
在绝壁上爬行
太阳已经陨落
月亮还不见升起
大幕将临
一出好戏

这是他今天记下的句子,在他脑海里排列组合成混乱的篇章,但这是他唯一能做的事情,以凡人之躯托举着濒死的神灵。
可一天天过去,大海愈发狂暴起来,就像恶龙发现有人偷走了自己的金币。

海风中的腐败之气更加浓烈，海上多出了许多沉睡的尸体。男男女女，老老少少，开始在海上漂浮着，宛若一条条浮桴，隐喻着无道的世界。

而于时就是一切无序的根源，是他的爱让这里变成了一片浮尸海。

当尸体涌上海面时，于时从梦里醒了过来，发现自己泡在一种黏稠的营养液里。但他对自己的第一印象并不确定，因为他看不到自己的双手、胸口和双腿。他觉得自己变成了一条鱼，只能看向寂寞的远方。

"你终于醒了，我还以为你也要永远活在梦里。"医生晃动着他那尖刺密布奇形怪状的脑袋，按下了一枚按钮。一面镜子从天而降，面朝于时，横在了他俩之间。

"怎么样？对自己的新形象还满意吗？"

镜子里是一团不规则的肉，但那双眼睛却是于时无比熟悉的存在。她曾说他的眼睛里有漫天繁星，所以他一直记得。

"你把我也变成了一个怪物？"承受过极致痛苦，走过鬼门关的他，对一切悲剧都不再那么吃惊了，"你把我变成了你的展品。"

"展品？哈哈哈哈哈哈！你是我最有趣的作品。"说着话，培养液被迅速排掉，温暖的风将于时烘干，"来吧，成为我吧。"

于时感觉自己受到了某种召唤，一种原始的野性从他身体里涌了出来。他长出了一条巨大有力的尾巴,身上出现无数鳞片,四肢化为粗壮的利爪。他的内部结构也在变化,长出了可以孵蛋的器官。

他的意识彻底退化,疯狂拍打着培养舱的内壁,变成了一条真正的鳄鱼。

医生把头抵在玻璃硬壁上,露出了无比迷恋的笑容,"在那个梦里,我就是这样一条鳄鱼,被进食和厮杀的欲望支配着,过着无比单纯的生活。可梦终究会醒,世界变得复杂,人心叵测,害人害己……"

这时,医生克制着对自我的迷恋,凭借最后的理智,按下了释放按钮。化身鳄鱼的于时猛地被吸了上去,再度陷入迷雾重重的人世间。

等他醒来时,他变回了肉团,在遍布蛛网的通风管道里穿梭,直到撞进了一个狭小的卫生间。

针管掉落在地,一名身材小巧的少女靠墙跌坐,下意识地用手阻挡着飞入房间的不明物体。

在瞥见她的那一刻,于时落到了浴帘背后,他受到某种理想人格的感召,化为了少女最理想的自己——一具鲜活的尸体。

少女觉得没什么动静了,于是便朝着浴帘慢慢移动过来,当她发现那是另一个自己时,吓得花容失色。她看起来刚成年不久,脸上还有少不更事的青涩,但不算姣好的面容下,有着层层死气,那是梦境给她留下的永世倒影。

有时候于时觉得,像她那样彻底变成另一个人,已经是最美好的结局,至少她还是一个人,至少她保留着生而为人的尊严。

那些在梦里化为动物,化为尸体,化为各种无机物的人,才是堕入了无间地狱。

"你是谁?为什么跟我一样?"少女惊慌之后,又凑过来细细观察,"为什么跟我想象中的自己一模一样?那么……美。"

"难道我已经死了吗?"少女自言自语起来,然后转头去拿针管和药剂,氰化钾还躺在针管里,"我还没死,那你不是我的肉体啊!"

面对少女的崩溃,于时感到很无力,因为一具尸体什么也回答不了。

就这样,少女和死去的自己在卫生间里待到深夜,直到饥饿引发了胃疼,少女才从这不可思议的遭遇里回过神来。

她从极小的冰箱里拿出放了两天的三明治,狠狠咬了一口。于时想提醒她这样不好,至少应该热一下,然后喝一杯牛奶,但他说不了话。

直到月亮出现在中天之上,盛大的月光涌进了这间荒原般的陋室,像白纱一样披在两人身上。此刻,少女守着尸体,像是举行一场静默的葬礼。

她回忆起自己那平平无奇的人生,无风无浪,没有舔过最香甜的蜜,也没有过刻骨铭心的痛。她发现在她有限的人生里,没有任何值得回忆的过去。

静若止水的人生，终究变成了一摊死水，她再也找不到活下去的意义。她开始思考如何结束生命，却在思考的过程中，收获了某种世俗的幻想。她幻想着自己的离开，幻想那个并不存在的葬礼，远去的亲朋、走失的朋友、某个暗恋自己的男生，都在肃穆的大厅里默哀着，回忆自己生前的好。

她知道自己陷入了病态，她开始看心理医生，想要抓住所剩不多的生命气息。可她在一年前陷入了梦境，梦里的那个葬礼一遍遍反复进行着，而且越来越迷幻。她躺在棺材里，绝美无比，无尽的惋惜和思念像潮水一般将她冲洗。

这个梦剥离掉了亲人的痛苦，剥离掉了冰棺的暴利，还有工作人员赶紧烧掉赶紧下班的不耐烦，所有虱子都从精美的毛毯上掉落下去。

当她醒来后，这个梦成了她唯一值得被记起的事情，而她的内核也从生到死，完成了蜕变。就在今天，她本打算彻底实现自我，却因于时的出现而半路夭折。

自己已经死去，接下来该做什么？

这时，她的耳畔忽然想起了哀乐的奏鸣，宛若神启。少女知道自己应该做些什么了。

她收拾了一些必要的行李，然后打了报警电话，在警察飞艇到来前，先行离开了这里。之后，她密切关注着警察如何处理这具尸体，她生怕这具绝美的肉体起了什么变化，直到远在他乡的家人赶来为她举行了葬礼。

那天是星期三，就连殡仪馆里也冷清得如同一碗剩饭。深秋的风呼呼刮着，枯叶不时掉落下来。这间殡仪馆看上去相当原始，甚至有些破败，白鸽偶尔会出现在中庭，小心地触摸地上那个不知是谁掉落的玩具。

在她眼里，这个世界充满了虚伪的塑料质感。

葬礼在早上八点半举行，前来送行的人并不多，甚至不是很有秩序。

葬礼上，她悄悄混入现场，狭小的单间，重复利用的纸花，机器葬仪人员咿咿呀呀地唱念做打。这一切不仅不美，甚至堪称丑陋，而且除了父母，其他人也不见悲伤。

"节哀顺变。"她从母亲的身边走过，母亲絮絮叨叨地说着感谢，但连头也没抬一下。

她被母亲那佝偻的背刺痛了，可她看着现在的自己，她比谁都清楚自己已经是一个死人了。

但此刻，她想要活下去，无比想要活下去。

就在这时，葬礼之上爆发出一阵惊呼，死去的少女推开冰棺坐了起来，看起来跟活人无异，有着花朵般娇艳的神采。

少女不知道为什么会出现这种事情，但她下意识地蹿到了棺材前，一把拉起另一个自己。

她飞快地跑出了殡仪馆，头也不回地丢下众人落荒而逃，她就像身往冥界的俄耳甫斯，抢走献给哈迪斯的幽灵新娘。

等回到藏身的角落，她才大口喘息，将新鲜的空气填满肺部。她看向另一个自己，然后终于意识到为什么要这样做。

她简直就是那个找到了生命意义的自己，她的皮肉之下，有着她最渴望的理想人格。

"你……"她看着于时，想要说什么，但又说不出口。

"我就是你，你内心深处最渴望的自己。"于时看着少女的眼睛，"你爱自己吗？"

少女痴痴地说，"我爱……你……自己。"

"那我可以爱你，永远在你身边，毫无保留地爱你。"说着，于时抱着少女，顿感无比安心。

他再度获得了存在的意义，医生真的解决了爱与被爱的问题。

可就在这时，他发现少女的手臂并没有环绕自己，等他回过神来，女孩的半个身子都陷入了他的身体。

她的样子看上去好安详，仿佛陷入了又一个美梦里。

于时的呼喊唤不醒女孩，只能眼睁睁看着自己将她吞噬殆尽。

转眼间，少女和于时融为一体，他感到女孩就在自己的体内，好像陨石深埋于古老的行星。

他成为了少女的归处，成为了她永爱的上帝。

"爱与被爱，只有两个肉体合二为一才能达到真正的统一。"医生的话语在他脑海里响起。

他早就录好了这句话，只等于时跟别人交融而已。

但这不是于时认同的爱，此刻，他心里下起了悲伤的雨，淅淅沥沥，嘈杂得宛若哭泣。

在之后的日子里，于时也试过去爱别的人，以保持距离的方式，但得不到理想人格的焦灼会折磨每一个被爱的人。到最后，他们都选择了离开。

于时也想拥抱他爱的人，但他终究不能接受自己把人吞噬。

于是，他回到了贫民区，回到了那间小房子，安安静静地足不出户，仿佛他的天地从此只有这般大小。

女人走之前并没有打扫房间，灰尘和蛛网还没彻底覆盖过往的痕迹。于时只是一个寿命有限的生化人，为了打发这最后的时光，他每天像侦探一样在房间里走来走去，寻找着她存在过的痕迹。

不是梦醒后的她，而是梦醒前的那个女人。

时间过得很快，他已经不太记得她的容貌。他有时候也会抱怨，为什么自己不是一个A.I.，而是一个具有情感优势的生化人。A.I.就不会忘记，永远可以调取最鲜活的数据。可要做人，就要面对周遭的易逝，面对有机物的腐败，面对名为厌倦的地狱。

这就是生而为人的代价。

她的物件几乎被另一个自己丢了个干净，但总有一些存在固执地残留在空间里，怎么也消磨不去。

于时在马桶水箱的后面找到一个发卡，这是她十四岁时，嬷嬷送给她的生日礼物。因为丢失，她还在家里伤心地哭了一场，于时守在她的身边，脸上写满了关切。

他还找到一支折断的铅笔。当时,她为了阻止家长残害孩子,情急之下拿着笔去挡对方的钢尺,自己受了伤,孩子也被别人抢了去。于时只能整夜抱着她的身体。

在细致地搜索后,于时甚至找到了一本日记。那不是她的日记,而是一名违法生化少女的笔记。她在日记里细细记下自己遭受的虐待,以及自己报复过来的方式。她想要解救这名生化人,可她的主人害怕事情败露,竟然先一步启动了自毁程序。

她总想贯彻上苍的意志,但在这暗无天日的贫民区,人类没有能力领受天恩。最后的结果就是,她的内心因为别人的罪受尽惩罚。

终于有一天,她陷入了梦中,走向了自己的对立面。

这不怪你,于时心想,你的神从未真正帮到过你。

就在于时日复一日地寻找,将涓滴心绪汇成思念的河时,他的身体正在走向衰败,因为他通过绝食加速自己的崩坏。

这样就不用再去爱,不用再有人死了。他一次次坚定自己的意志。

直到有天,房门传来开锁的声音。

在这个基因锁链早已普及的时代,机械锁成为某种有钱人的复古爱好,既不经济又不安全。

但另一个她不在乎。这样想来,她在很早之前就想过要离开。

她用钥匙打开了门,然后走了进来。钥匙上缠着的那个银质吊坠，也染上了她的落寞。

"你不是不回来了吗？"于时没有变化，还是一块行走的肉。

她本该惊慌失措的，但是她没有，她的眼睛里混入了异星的风，压抑着所有的情绪和欲望。

她看着于时，轻轻问："你是谁？"

"我是于时。"

听到这个回答之后，她陷入了沉默。她把行李扔在一旁，坐在了熟悉的床上，纵横风月的高跟鞋换成了舒适的运动鞋，然后她点燃了今天的第一支烟。

"你身上发生了很多事情啊……"她努力挤出微笑，尴尬，可还是那般动人，"是我的错吗？"

"不是，跟你没关系。"

"你平时就一直是这样吗？不会被当成怪物吗？"她往后捋了捋长发，仿佛在为接下来的对话打起精神。

"我可以变成你想成为的那个人。"于时犹豫着说，"你需要吗？"

她点了点头，于时进行了此生最后一次人格链接。他那即将失去活力的身体，进行着复杂的拟态，最终化为了一个女人。

他成为了那个创造自己的女人。

于时带着巨大的困惑看着自己，"我不明白。"

女人一阵深深的呼吸后，碾碎了手里的烟头，然后开始述说自己的故事。

她前往的那颗星球被命名为黄泉。

当她苏醒时,冬眠舱里回响着一句"you will be married"①。一个清澈的男声宛若潮水,冲刷着她心中那颗疲惫的礁石。

事实上,在跨越漫长的星系时,没人需要音乐的陪伴。冬眠过程中,每个人的神经系统都会被封闭起来,直到踏上那颗陌生的星球。可飞船设计师坚持搭载这个模块,哪怕这会不必要地消耗宝贵的能源。模块里有人类文明的所有音乐,并通过随机算法,源源不断地形成新的音乐。

一艘在宇宙中永远随机播放音乐,永不重复,永不停留的飞船,确实像极了奔赴黄泉的灵车。

漫长的旅行途中,她做了一个梦,梦里有潮湿的海风。此刻,依附在体表上的营养液,险些将她拉回那个梦里,拉回那片阴沉的大海。

"现在是早晨七点二十,您可以……"

早晨还是晚上又有什么关系,她想着,时间于她而言就像陆地之于巨鲸,早已没有了意义。

当她离开飞船时,飘浮在天空中的莽莽血原,闯入了她的视觉神经,攫住她的心。那殷红色的天,像是隔绝了阴阳两界。

如今,她便要前往冥界,找回曾经的那个自己。因为如今的她,对酒当歌,纵情声色,内心却完全无法平静。

---

① 来自王啸坤《残缺的歌》歌词。

她来到黄泉星唯一的人类聚集点，在支付巨额费用后，拿到了一套探测设备。她可以通过这个装置，找到曾经的自己，并且将灵魂激活。

"果然是真正的黄泉啊。"她暗自感叹。

这颗行星发现的年头并不长，但却成为人类踏足最多的异域。因为某种神奇的对称性，每一个死去的人，都会化为这个星球上的某种生物或者事物。

无数丧子的母亲不惜债台高筑也要来到这里，无数痛失所爱的善男信女也会来这里碰运气，而科学家最终证明，每一个患上梦游症的人，都杀死了过去的自己。

所有的灵魂都在这个星球上聚集，这里成了名副其实的黄泉之地。

人类想过改造这里，善于移山填海的大资本家不惜砸下重金，但全都无功而返。他们要么被吞噬，要么机器失灵，有些失败甚至堪称足以扭曲物理规律。

科学家发现，这个星球本身就是一个巨大的有机体，在宇宙中沉默着，仿佛亘古不变，绝不允许任何人影响自己。

人们说，黄泉之地有生的落寞和死的尊严，或许正是如此。

她还算好运，死去的自己就在山的那边，尽管如此，她也只能靠着简易的工具强行攀爬，许多人有去无回。为了提高生还率，她决定跟人搭伴同行。不过，人性在这里是最不值钱的东西，一旦踏出聚集点，天地万物都在考验人性的弱点。

两天之后,她选定了一名看起来还算干净的男性,因为他也是因为梦游症,来找寻前世的自己,而且目的地也很一致。不过,她并没有忘记在矿泉水里投放纳米引爆装置。到了关键时刻,她必须用生命相要挟。

"你放心,我不会对你怎么样的,而且我原则上必须救助人类,因为我是一个机器人。"男人说完之后,一口将水喝了,显然并不在意她的小把戏。

"机器人?机器人还会陷入梦境?"女人感到不可思议。

"是啊……机器人也有灵魂吗?我真的很好奇,所以我想跟他聊聊。"

然而,那是墓碑一般的巨大山脉,将世界钝痛地割开。远远看过去,山上的颜色混作一团,仿佛光是看着便会将人吞噬一般。为了翻过这座山,女人曾想用最后的积蓄换取越过此山的方法。她不是没想过这钱给了以后怎么办,可能再也回不了地球。但对她而言,山的那边值得她付出一切。

可男人忽然出现,拿着铁榔头走进了交易的密室,狠狠地击打那个神叨叨的老人。纺锤形的脑袋迅速干瘪了下去,金属碎块和断掉的电线冒了出来,噼里啪啦地闪着火花。

"付钱的那一刻,这台机器人就会自爆。你既没有追踪的途径,也不可能有命去追踪。"

"那我们怎么办?"

"我黑进了废弃的卫星里,它在无故损坏前,还是进行了一些探测工作。"男人用手顶了顶鼻梁,仿佛那里架着眼镜,

"我规划了一条路径，应该能走。"

之后，女人惊讶地发现，这竟然是一条天然的之字形山路，虽然崎岖坎坷，但依然有着某种先天的行进优势，宛若一条浅唱低吟着的黄泉步道。

进山之后，虽然一路往上，却有种步入深渊的感觉，身体和内心都有种莫名的下沉感，仿佛世界正在消散，而人们只能无声呢喃。

在登山途中，男人显得非常沉默，看来并没有搭载什么奇怪的社交模块。这样挺好的，她想，在黄泉深处行进，语言显得多余。

爬山的过程中，景色并非一成不变，他们路过了倒悬的瀑布，水流在某种奇异的力的作用下往上涌去，形成壮丽的景象；他们跨过满是荆棘的河床，有某种透明的生物在此间荡漾着；他们还在一片松林里听到男女老少哭泣的声音，男人说那不过是松涛。

然而，最令他们感到无奈的是，在登山的过程中，他们的激活装置总会碰到山里的事物，那些灵魂总会不由自主地开始述说。

有一条连体蜈蚣述说着自己如何放弃一个个孩子，而自己内心又多么痛苦。可它本能地吞噬着周遭的一切，仿佛放弃是为了获得更多。

有一头高傲的食草动物，它看起来像麋鹿，又像牦牛，雕塑一般独自伫立在水边。可它已经毫无生命力，成了一具绝美的乐于拥抱死亡的肉体。

还有一名拥有智慧的土著,他变成了一只猛兽,幻想自己有巨大的嘴巴和长尾,生活在浑浊的河里,伺机捕捉生命,依靠本能简单地活着。

这些存在无一例外想要他们留下来,都在告诉他们:"山那边什么也没有,没人能找到自己的灵魂。"

半个月后,他们终于来到山脊,却遭遇了足以伤人的大雨。直到第二天下午,星球停止了咆哮,万籁俱静,他们才钻出避雨处,为山那边的风景所震惊。

山的那边竟然是一座城市,而所有的建筑物都像生命一样进化着。

这些建筑物都从洞穴里生长出来,有些还处在帐篷的阶段,靠着动物的骨架或者树木撑起来;有些则进化为独立的房屋,但材料存在着巨大的差异,但那种强烈的私有感,让人想起了幽居的古人;有些则进入现代建筑的范畴,采用了更为科学的结构,向着天空不断延伸着。

但这些建筑都拱卫着这里最先进的老者,它已经跟洞穴跟大地脱离了血肉上的联系,独自悬浮于空中。它已经没有了固定形态,时刻变换着,为居住者提供理想的住所。

"看样子,我们要找的人都在这个古怪的建筑里。"男人检查着装置,认真说道,"靠着那边的山崖应该可以跳上去。"

她看着天空中的悬浮物,心底生出一种浮萍般的飘零感,"那我们各自去寻找吧。如果都没崩溃,那明天这个时候,咱们又在这里相见。"

每到夜里，这座活的城市会发出呜咽，那些徒有生命却没有居民的建筑，就如同孤魂野鬼没有归处。直到早晨太阳出现，浮在天上的血原变得清晰，它们的灵魂才得以安抚。

男人很快离开了那个建筑物，回到了老地方，任由山风拂过脸颊，任由核心模块在循环算法的摧毁下片片凋零。如果女人再不来，他可能没办法道别了。

幸好，女人披着残破的围巾赶来约定的地方，远远地朝他挥了挥手。

"你找到了吗？"女人的大喊险些被强风劫走。

"找到了。"男人点点头，等她走近了才说，"看样子你心情不错。"

"因为我也找到了。"

"那祝贺你。不过很抱歉，我没办法陪你回去了。"男人说着话，嘴里开始冒出淡淡的黑烟，短路的焦臭味开始弥漫。

"为什么？"

"我找到了另一个自己，却没想到那是一段死循环代码，我不知道为什么……"男人显得很有些无奈。

"或许，每一个灵魂，都是一场走不出去的困局吧，永远在本该想通的迷局里打转。"女人扶男人坐下，看着注定不会到达的远方，"我在那个奇怪的建筑里找了好久，都没有找到她的踪影。说真的，那个建筑里的灵魂真是丑陋啊，我不用跟他们对话，就知道跟我是一路货色。"

男人想要说什么，但已经做不到了。

"然后我发现，原来那个悬浮物就是另一个我。她变成了一个藏污纳垢之地，却高高在上地飘浮着，试图去接纳去爱最污浊的灵魂。

"我激活了她，因为愤怒，我准备猛烈地嘲弄一番。可她显得那样平静，仿佛痛苦没有在她身上留下任何痕迹。

"我问她为什么，她竟然说，她的神一直在爱着她，她感觉得到……"

女人还没讲完，身边的男人忽然燃起了熊熊大火，跟滚滚黑烟涌了起来，仿佛要给天地拉下帷幕。她看着死去的男人，心想他会不会见到神，会不会接受审判，到底是上天堂，还是下地狱。

这把火终结了一个灵魂，也终结了女人对这个星球的兴趣。

她独自一人，拼尽全力回到了人类聚居点。她想了很多办法，才买上回程的船票。之后，她跨越无尽虚空，回到割裂日深的地球，回到了贫民区的家，想在茫茫人海里找到那个被她放逐的救主，问他最后一个问题。

"回答我，"女人捧起于时的脸，看着他饱含星辰的眼睛，"你还爱着她吗？"

这时，于时发现自己走过了漫长的一生。爱成为了某种痛楚，某种不死的理想，某个滚烫的梦。

"我……"话音未落，他带着答案，陷入了梦游与沉眠。

消逝

序

在分别那日,哥哥杀了一个人。

一、距那一天两年

直到现在我和哥哥依然轮流上班,为了延续这种习惯,我特地选择了一份昼伏夜出的工作,在一家酒吧里当酒保。

酒吧看上去特别怪异,室内设计先锋得近乎简陋,装饰并不让人舒服,反而充满了棱角,叫人非得鼓起勇气才敢进入。酒吧没有现场表演的设施,但每张桌上都固定有一个银话筒,店内放着各种歌曲的伴奏,大多生涩,能唱者寥寥。但每每有人开唱,无不饱含对歌曲深深的爱。

这种爱或缠绕过去,或厌弃未来,或冷静,或狂热,或单刀赴会,或大雨覆盖世界。这是一间给所有人机会,却把机会留给有缘人的酒吧。

我刚进店时才大学毕业,连酒吧都没去过。我学的是会计专业。女生要找一份靠谱的夜间工作,当一只安全的夜行生物并不容易。何况我跟哥哥一样,从读书开始便习惯性请假,宽容的老板可不好找。毕业那段时间我整天休息,唯一的工作就是给下班回家的哥哥做饭。

哥哥始终一副禁欲打扮,看起来规规矩矩,但细节又足见用心,兜里放着香烟和泊头火柴,手腕上的机械表充满精密的美感。他喜欢吃清淡的菜蔬,跟我这个迷恋肉食的妹妹相差天壤。每次看哥哥夹起青菜,我总觉得他在刺激我。

"没关系,你负责吃,哥哥帮你减。"

哥哥说话时露出的笑容,如河里的金砂一样珍贵。笑容令我安心,因为这笑容只属于我。在我的印象里,哥哥面对世界总是锁着眉,直视着,有些偏执地想把什么看穿,目光像钉子一般。

夏日的傍晚,我跟哥哥吃了饭,会用老唱机放一张巴萨诺瓦风格的黑胶唱片。我把窗户推开后,将水晶烟灰缸放在桌上。在去酒吧前,我习惯抽淡淡薄荷味的爱喜。哥哥从铁盒里拿出常吸的兰州,划燃火柴后用手护着,火焰与香烟接触时,缓缓吸入。指缝间跑出的零星火光,让哥哥的双手似高原石榴般剔透。

饭后看书是哥哥的习惯。我点烟时,会偷偷去看哥哥正在读的书。全是日文,我没能看懂。但封面上有一间临湖而建的古朴寺庙,寺庙的顶部有只漆金凤凰。虽然进入不了哥哥的阅读世界，但我依然享受此刻——夏日的晚风怡人，我的长发和裙摆不自觉地摆动。哥哥则像是某种静止的存在，连四周的家居都被融入画中。

那时的我想不到，哥哥会在两年后的佛诞节，走出无法挽回的一步。

或许，都是为了我。

当哥哥用泛黄的手指夹住第三支烟时，忽然对我说："我给你找了一份晚上上班的工作。"

我有些诧异，从小到大我们几乎不干涉对方的生活。

"一家酒吧里当吧台酒保，你想去吗？"哥哥看着我，眼神温柔得像初放的水仙花。

我沉默着想了想说："可以。不过你会按时吃饭吗？你图书馆的工作也挺忙的。"

"没关系，我们理应拥有自己的时间空间。你白天休息，晚上要是不工作，如何确认自身存在呢？"哥哥抖掉的烟灰像安慰的碎屑，"存在依赖审美，那是我俩人生的全部意义。毕竟人生如此琐碎。"

哥哥说着话把兰州放在了桌上。"明天如果想抽烟，记得抽兰州。"那是我第一次抽兰州，没想就一直抽了下去，粗粝的味道和那句话，惊醒并打磨了我。

翌日下午，哥哥比往常早回家三个小时，他把我从安睡中叫醒。他给我买了一套新衣服，微露胸型的修身吊带，黑色的铆钉皮衣，下短裤让臀形格外漂亮。这套衣服让我忍不住换上许久不穿的黑丝长袜，看起来如此完美。

这套衣服没有标签，或许是被哥哥扯下丢掉，是不想让我知道花了多少钱吧。

到酒吧时，天花板上那只由浓稠的颜料绘制成的巨大眼睛直视着我。酒吧的所有立体物都违背人类的习惯——座椅都比面前的酒几高，酒杯要比酒瓶大，不知名的威士忌要比啤酒甜，啤酒则比白酒呛人，白酒有红酒的口感，红酒则度数极高，让人怀疑是否往里掺了酒精。

顾客必须跟吧台保持距离，黑曜石的平面被打磨得极为光滑，两沿则有些锋利，看着使人退避。

我说明自己是来面试之后，一名服务生把我带到店长室。

当店长抬头的瞬间，我觉得有些脸红。他看上去就像是一名学生，埋头时有做题般的专注，除了白衬衣和牛仔裤没有多余的装饰。衬衣和长裤都被他紧绷，好像在二维平面里承载着巨大的三维雄性宇宙。那是一种刻意打磨后的粗糙，一种别样的错彩镂金，即使隔着坚实的肉体，我也察觉到血液的温热。

"欢迎回到俯瞰酒吧，别叫我店长，叫我阿呦就好。"他站起来，带着诚恳的语调和某种伺机的耐心。我觉得整间酒吧的怪异，都是为了融入他那不可替代的唯一性。

"这间酒吧叫'俯瞰'？"我是认门牌号才找到的地址，店外连个像样的招牌都没有。

"进店时你应该就能意识到。"阿呦给我冲了一杯咖啡，"所以你决定来上班了吗？"

原来哥哥已经帮我谈好了。我看着店长点了点头，应该说我一直看着店长，即使我刻意含蓄，目光仍以他为圆心。若审美是唯一的意义，那么此刻的男性之美就是那颗石头——惊艳的琥珀男色，让我反复揣摩并决心放进入口。

"那现在就上班吧。虽然当酒保，但并不需要调酒，客人随意点，你随意拿就好。"阿呦笑着说，"之前就说过店内可以随意吸烟，没有关系。"

提到香烟，我才从美的沉浸中挣脱出来，这是哥哥事先预备好的绳索，避免我沉溺太深。

"好的。谢谢。"我一边从怀里拿出烟来，一边听他说，"比上次爱笑了。"

我始终没明白他那故人般的语气。

我不像哥哥喜欢用火柴，镂空的银质打火机才是我的最爱，清脆的响声与火光同时绽放。我点燃兰州，焦油味凶猛入喉，宛若一股饱含故事的浊流。

"你抽兰州真美。"阿呦用欣赏艺术品的眼神看着我，我则以一种匠人的眼神回望着，彼此俘获着打磨着，容器的精神在体内复苏。

这让我想起幼时文化宫里的制陶师傅。

二、距那一天十七年

小时候住在文化宫大院,自我有记忆起,文化宫就是一个特别凋敝的地方。除了偶尔被赚外快的老师租来办班,教些英语数学外,少有孩子会在周末到文化宫来。

文化宫于多年前修建,红色的漆变成衰老的黄后斑驳掉落,露出惨白的墙面,像老女人的妆容。文化宫修得不高,总共就四层,我常常跟童年玩伴在大楼里捉迷藏,哥哥则独自站在楼下杂草丛生的空地上,顽固地踢着碎石子。

比起我们,"老大"更早在楼里游荡——那是一只肥大却灵活的白猫。我们在它身边追逐打闹时,它总是眯着眼睛看我们,胡须轻轻地抽动,不惊不惧。有时,它会为了舒适的阳光稍稍挪动身子。它静止时彰显波斯猫的高贵血统,但踱起步来却如常年在街头抢地盘的老混混,步伐放纵又克制。

我后来才知道,它是一只母猫。

孩童捉迷藏总会忽略时间,直到家人叫吃饭才会一哄而散。此刻,当我从藏身之处走到文化宫的走廊上,黄昏洒落一地,伙伴们早已没了踪影。我在走廊的尽头看见对我温柔笑着的哥哥,他也不知道其他人去了哪里。

这时，老大从一间空教室里跳了出来，不露痕迹地落在地上，灰尘像泡沫一样舞动起来，带着波浪般的旋律。事后我常常跟哥哥争辩，老大当时到底看了谁一眼，才让我们踏进那间充满尘土味的房间。

老大带我们走上从未踏足的走廊，好像是废弃的办公区，门窗都紧锁着，窗上还贴着蓝绿相间的波浪窗纸，似要把什么秘密紧紧捂住。我感到一种莫名的恐惧，好像被庞然巨物吞进腹中，下意识地抓住哥哥的手臂。

我在眼角的余光里，看见哥哥面带笑意。

走到尽头，老大拐进一扇门，哥哥毫不犹豫地推开它。一间没有窗户的房间，房里摆放着各种陶具，有种凌乱而整洁的美感。房间的一角有人正在制陶，从背影看应该是一名成年男性。他有一头卷曲的黑色长发，穿着白色起皱的衬衣，衣袖被整洁地挽到关节处，黑色的西裤配着锃亮的皮鞋。老大越过琳琅满目的陶具，来到男人的脚边，安静地陷入沉睡。

当男人察觉到我们后转身时，我的注意力集中在他的单眼镜上，银色的链条在脸颊旁晃荡。回想起来，我依然觉得他承载了世界上所有的血统和所有的地域痕迹。

"你就是猫咪经常提起的那个小女孩儿。"他的气质收敛而笃定，吝啬得不愿倒出一滴内心。

我不知道猫咪如何提到我，戒备地望着他。"你是干什么的？"

他站起来，一脸无辜地摊开双手耸肩，露出饶有趣味的笑容。他比当时的我高出太多,某种压力搞得我神情恍惚。

"我姓吴,是制陶的师傅,这些都是我做的。"他一边说话一边打开窑炉,容积很小,温度很高。他的双手沾满了黏土,看上去风尘仆仆。

"你做这些瓶瓶罐罐是拿出去卖吗?"我习惯他高大的身躯后,好奇心死灰复燃,小女孩对手工活有着无限的热情。

"我不拿去卖,这些陶具都是别人定制的。"吴师傅再次坐下来,平视站着的我,拿起身旁已经上釉的陶具说,"这个世界没有意义,只有美是纯粹的。我们为了捕获美,常去捕获美的载体。陶具毫无疑问是美的载体,就像杰出的猎人把巨兽头颅制成标本后挂上的那面松木墙壁。"

他说完把陶具递到我的面前。"由于美的载体丰富多样,我总是依据载体的形状来制造陶具,有些平直,有些扭曲,其实这都不难处理。最难的在于打造一个独一无二的入口,让其他事物放不进去,即使放进去,也会跟入口本身发生剧烈的冲突,结果玉石俱焚。"

"入口是一个标准吗?"这句话是哥哥问的,我可不明白什么叫作标准。

吴师傅眯起了眼睛,用某种严阵以待的目光注视着我,饱含期待的深情,好像不断暗示后终于被理解,获得了奢侈的满足感。

"入口可以是标准,也可以是其他什么,最重要的是,它必须是独一无二的存在。而这种独一无二的存在,必须跟独一无二的美配套存在,才能绽放出绚烂。"

他从怀里掏出了一颗石头,那是我见过最美丽的石头。它像是被赐予非凡的生命力,粗粝而精致,轻盈而厚实。它同时收敛膨胀,某种奇异力量不停对垒,让它在动态平衡中产生并保持美感。

在我目不转睛看着石头时,他的手里多出一个陶罐,那个陶罐看上去那么小,但形状却跟石头刚刚好。可它的入口连小拇指都伸不进去。但当他把石头放进壶罐时,我仿佛也来到了命定的入口。

而哥哥早已站在命运的尽头,下定了杀人的决心。

我看着石头变得如果冻般柔软,仿佛一只活物,沿着入口的边缘朝内部移动,像一个即将觉醒的灵魂。我的四周则出现了无数盏古老的烛台,还有缥缈的诵经声,有什么落在地上,像谁的结局一样。

木门发出吱呀的声响,老大已经绕过我们出了门,只看见一尾雪白的倩影稍纵即逝。

忽然,哥哥不声不响地拉着我往外走,我有些慌乱地给吴师傅说对不起,然后匆匆忙忙地追了过去。

只听见身后传来吴师傅的声音——承载的容器从来不只是陶具……

当天回家后,我被爸妈一通数落,哥哥却没被责罚。虽然如此,我的心里依然对那间布满陶具的房间恋恋不舍。看过那颗鲜活的石子后,美就困住了我。

挨骂时我偷看哥哥舒张的眉头，结果被妈妈呵斥："你往哪儿看！有什么东西这么好看？！"

后来，我跟哥哥又去了那间小屋，可推开木门，除了满地的碎砾，就只有一颗平凡无奇的石子。

听爸爸说，那间房已经废弃好多年了。

三、距那一天一年

俯瞰酒吧虽然张牙舞爪，但我工作得挺舒服，一切都很随意，经过严格的标准筛选后，整个酒吧实现了高度的自洽。这种特质跟阿呦的气质颇为相似。

我的生活单纯重复，但每天都有新鲜感。发掘巨大的宝藏总能让人保持活力，阿呦那被包裹起来的美，产生了牡丹般的张力，将周围一切扭曲并纳入他的规范体系。

工作时，我时不时地看向他，看他扩张后变得更加整体而庞大，世界是他信手拈来的装饰，他也自然而然地接受其他事物带给他的改变。之后回想，我察觉到通过双眼发觉他的美时，我也在打磨自己的属性。

这期间，酒吧的歌声总不会停，我见过太多被阿呦吸引，或孤独或喧嚣的歌者。

有一位中年人是阿呦的朋友,看上去是极为粗犷的,夹着大前门的手指上戴着醒目的金戒指。他总是在一名保镖的陪同下来到店里,要一杯呛人的红酒后坐进角落。阿呦看他来了总会远远挥手,不经意间带动完美的肌理,划出耀眼的弧。这时,酒吧里会响起冷僻的童谣伴奏,中年人轻轻地唱着,心事都被幼童的词曲消解掉。

"喜欢童谣的人心好。"阿呦跟我说话时,眼神有些淡然地看向中年人,当举杯遥祝时,我感觉他们建立了某种联系,带动了微妙非情欲的暧昧。但这种带动显然是阿呦主导的,就跟温度决定窗上水露一样。

"但不是谁都渴望纯洁。"我轻轻地抚动长发,不由自主地露出笑容,我在他不断释放的结构美面前越发笃定,并不断走近他。我不在结构中寻找一席之地,而是如士兵围困,狼群突袭。

但阿呦的主导必然不会缺乏情色的味道,我知道的就有两位顾客。其中一位女士从不唱歌,喝着难以下咽的花椒酒,保持着克制的姿态,如同秦淮河上静待客人的渔舟。我初次见她,心想她是瓷器变成的妖精,皮肤透露着一股不正常的洁净光泽。光泽之下是粉红色的诱惑,如镜中视奸一般,可照见人心最深的欲求,甚至向死的本能。

还有一位顾客是疲惫的老人,他进入酒吧,好似苦熬寒冬的枯薪,半身被死亡的雪覆盖掩埋。阿呦的出现是四季不眠的鸟儿,轻盈且旁若无人地落在这根无用之柴上,将春天的想象与活力带给他。于是,老人有天终于唱起了歌,死亡金属被老人渲染出解脱的况味,那是老人独有的求欢方式,要将一生的记忆献给阿呦。

他得到的却不是阿呦的吻,而是渔舟女士的吻。他们都太渴求鲜活的曾经与现在,接吻的刹那双双被点燃,彼此颤抖着十指纠缠,含泪相望却说不出一句话来。

阿呦为他俩点了苦艾酒。

我看着阿呦如早熟的孩童般,将身旁一切拆开组合,周而复始,每一个步骤都包含着玩耍欲与好奇心。就在我静静欣赏阿呦时,阿呦也有意识地试图理解我。或许我这个容器对他而言是异常特别的存在。酒吧并不会通宵营业,阿呦一般会在三点钟打烊,也不管场子里人多不多,情绪有多躁,始终坚持准时清场。

忙到四点后,同事们陆续离开,阿呦会请我去一家夜宵铺子吃早餐,这种短暂的相处渐渐成了习惯。这家夜宵铺子的老板是重庆人,在寒意深沉的夜晚给行人提供一些辣食。老板戴着一副圆墨镜,有两撇小胡子,看上去像算命先生。他煮冒菜和小面时,有些仙风道骨的味道。我们每天吃一份冒菜,两碗小面,小面上铺着黏稠的豌豆酱和可爱的小葱,给人足够满足的饱腹感。

阿呦从老板面前的竹筒里抽出方便筷时,会递给老板一支中南海。中南海的劲不大,但足够寒夜解乏,老板从不回绝,欣然接纳。他的面里没有葱,却喜欢吃冒菜里浮在红油面上的芝麻。他常常抱怨冒菜配白米饭才是正统，但老板只是笑笑不为所动。当我们吃完后，老板也收拾停当，把摊位推上小货车，消失在寒风与明灭的路灯中。

对我而言，这顿辛辣的早餐吃得并不轻松，这是冷酷到近乎残酷的磨合对抗。阿呦的一言一行都在不遗余力地展示自身的聚合之美，华丽得令人目眩。这种庸俗的行为显然不是阿呦有意为之，但他的美本身具有热烈的侵略性，不是暴君式的侵略，而是命名标签式的愿望。可我自身则用冷静和克制，甚至某种宿命的自傲对抗着。我们彼此观望，就像明月和叶底的藏花一样，月华沾不到花蕊，即使天地一片皓青，那朵花依然身披黑纱。

虽然抗拒着，但我确实离阿呦越来越近，我甚至听见他的美发出的鹿鸣。虽然我持续理解，持续打磨，但我还是不确定，这种美是不是入口的唯一。这种心理上的动摇彷徨，让自我属性的锤炼变得越发艰难，酒吧工作像长满浓密水草的湖泊，呈现一种黏稠的绿色。阿呦也暴露出颓败沮丧的情绪来，他好几次从我身旁匆匆而过，我叫他也不理睬，甚至有天我们都没去吃早餐，对例行的生活采取回避甚至放弃的态度。

直到那名美学生出现。

他进入酒吧，像河流穿过沙漠带走泥沙。假设阿呦的美是通过内外扩张的冲突造就结构神秘，那么他就是毫不内敛的释放，粗暴地将人驯服。那晚他来到酒吧，点了杜松子酒，手里的烟一支接一支地化为灰烬，冷视着周遭与阿呦。周围的人被他的眼神刺痛后，竟然勾起心底的痒处。我在阿呦渐渐不悦的眼光中，察觉酒吧的气场发生变化。

接着他一连唱了五首歌，声音与伴奏如此贴合，充满了真挚的感情，但阿呦事后给我说，他就是一名收割者，收割了其他人的缘分和情绪，把表达当成作秀。他的目的只是取代阿呦。

然后，他走向了我。

他朝我走来时身穿海天蓝的校服，手指同手术刀一样修长，脸庞有着毫不流俗的俊俏。当他离我越来越近，我感觉自身处于锉刀之下，那是一种粗暴的蛮力，一种要求标准为他而变的任性。我为他添杜松子酒时，他适时地用某种温柔的意志攥住了我，近距离地打量起来。目光拂过我的长发，抚过我小鹿般的胸脯，即使隔着锋利的吧台，他的目光也掠过我的皮裙，操纵我在沙滩上留下女童般的脚印。

他的眼神里暴露出贪婪与喜悦，他的美也依凭这样一具身体，自信与我贴合。他那病态般的自恋是一块打火石，在我那布满硝石的皮肤上不断划出火星。我竟情不自禁地吞咽唾沫，梅花凸起，我甚至微微踮起脚尖，为了跟上他的视线。

阿呦终于主动了起来，从背后抱住了我，双臂在我身前交叉，宛若长矛横亘在我与美学生之间，像要把入口覆盖住。那如土地般温热的身躯紧贴着我的后背，宣誓着、祈祷着、歌唱着、倾诉着，蓄势待发着。

那晚，美学生落魄离开后，再也没见他来过。我越发笃定地看着阿呦,那只小梅花鹿终于安静下来,披着星光在雪原上安睡。

"你真是慢热,竟然现在才下定决心。"我看着阿呦,这个美的整合体,女性的心理和身体,都得到了双重依归。

"我第一次见到你便下定了决心。"阿呦说这话时,或许想到之前的动摇而有些羞赧,接着讨好般的回忆说,"那天你穿着学院西装,而且还要高冷一些。"

"是吗?我不记得了。"

当天我回到家,兴奋地敲开哥哥的房门,安眠的他还没醒来,我索性钻进被窝,像幼时一样抱住哥哥。哥哥像是猜到什么,轻捋着我的头发,带有绝对安全的关爱。

"我找到了,哥哥,我找到了。"我因那唯一的美兴奋不已,那是即将独属于我的瞬间和答案,哥哥也会祝福并配合我。

然而,我得到的是一个两难的未来。

"可我也找到了……"这是我初次发觉哥哥的话里,有不甘和不愿出让。

城市的浓雾即将散开,图书馆也会迎来那名少女。

直到今天,我依然固执地认为,是少女让哥哥走向毁灭,就在佛诞节那天……

四、距那一天一年半

以往我清晨回家,会走进哥哥的房间,拍拍他的肩膀。只有见他醒来,我才能去洗漱休息。哥哥的睡姿特别平稳,静谧似湖上扁舟。他醒来时睁开眼睛,长长的睫毛如蜻蜓的羽翼。出门时我总见他锁着眉,仿佛面对一座知晓出路的迷宫。

我从未见哥哥有过什么朋友,从小到大我是他唯一的也是最好的朋友。他把内心的温柔与星光都留给我,甚至变成喂养我的食粮。每每想到这些,我便睡得异常安稳。但哥哥找到了自己的给养,找到了足以使用入口、填满空洞的她。

我不禁为阿呦担心起来。

由巨大玻璃镜片建成的省图书馆已经落成,哥哥的许多同事都调了过去,陈旧的市图书馆一下子冷清起来。哥哥顽固地坚守着这栋老建筑,由于他在大学修的是训诂专业,面对佶屈聱牙的句子和老去的事物,哥哥的目光总如凿冰般专注,而她的到来令图书馆更加冷清。

午后的阳光烤得人昏昏欲睡,来来去去的人们更是增加了这份倦意,哥哥在工作台前,靠着座椅埋着头,脊背不情愿地微微弯曲。仿佛是害怕走光,他特意系好领部纽扣。窗外吹来凉爽的风，唤醒了梦。哥哥梦见自己坐着一条小船来到某慈善晚宴上，他和美酒隔着一条溪流，跟名流却隔得很近。那些上层人士看起来都很高大，他划着船仿佛在山间穿行。聚光灯亮了起来，把所有的目光集中于舞台。

那里有一堆洁白的珍珠，它们每一颗都是那么珍贵，堆在一起熠熠生辉。但它们聚集的形状，俨然埋藏着什么宝贝。当主持人扫开珍珠，掩盖的竟然是一方收藏珍珠的盒子，就在哥哥迷惑时，身边响起了巨大的掌声，刚才的溪流也化为了美酒，而那方盒子则响起搅拌机的声音，随即吐出黑色的液体。哥哥清楚地知道它在唾弃，却不知道为何唾弃，只见那些美好的珍珠逐一褪色，甚至被溶蚀。哥哥坐在舟中，面对舞台，心里竟有种雨天穿过骨堆之感。

唯有那方盒子明艳动人。

哥哥在盒子的迷梦中醒了过来，耳边响起不合时宜的蝉鸣，强调周遭的宁静想要引起他的注意。他抬头发现图书馆里空无一人，像泼在夏日露天泥地上的井水一样。他离开工作台，朝着图书馆的借阅区走去。借阅区的左侧是落地窗，阳光像金砂一样铺开。而她就坐在阳光里读书，好像那团猛烈的光只是她床头的台灯一样。哥哥朝她走近，竟感觉心跳微微加速。只因那一头齐肩短发。

那是一种压倒性的漠视性的美。少女的脸型和肤色极好地衬出黑发的轮廓和颜色，少女的双眸位置适宜，短小可爱的睫毛如度量完美刘海的标尺一样。她的鼻梁高挺，如路标般把他人的目光集中在黑发的美上。而她的嘴则含蓄内敛地小巧下来，以免被某种情欲式的向往分了神。

哥哥就如送入窑炉烤坯的陶具，唯一的入口在瞬间被烧制成型。

"CERRUTI1881①？"就在少女看到哥哥时，露出了动人的吃惊表情，仿佛找到可抗衡自己强势压倒之美的事物，"有品位。"

哥哥没说什么，在对面坐下后，下意识地解开领上的纽扣，拼命克制的万种风情不经意地泄露一丝。

"一会儿有安排吗？"少女从不相信一见钟情，但自身的美学属性，让她沉迷于命中注定，因为命运驱动着一切，直到佛诞节做出杀与不杀的选择。

"我去健身房。"哥哥的眼里依然冷漠，但回应陌生人，便足以说明一些事情。

彼此呼吸变长放缓。

当天，我回想哥哥的话，有些疲倦地蜷缩在被窝里。我感觉到脑海里有了一个极深的洞，这个洞被巨量的海水撑破，海面上出现巨大的漩涡。那些饱含记忆与安全感的液体漏到某个被遗忘的应许之地，化为一片死寂的湖泊。

我顽固地把目光朝小洞里延伸，穿过一幅幅花鸟与老僧像的屏风，来到一扇古怪的门前。它的古怪来源于自身的不协

---

① 意大利高级男装成衣品牌。

调，左边是一扇精致的欧式门，用油画颜料涂抹着阿佛洛狄忒的肖像，她独特却具有典型性的姿势，好像一股脑把神明的隐私灌进你的脑子里。另一扇门则是山里人的柴房木门，那白骨般的破败感诉说着它的身世，它生来只为了拒绝而非开启，制作它的人选用了被虫咬断根茎，被雷电劈过的枯木，也没有用刨子令它表面光滑起来。那些命运的创伤就这样暴露于人前，俨然那就是它本来的模样。

我推开左门时，视野里再度出现空荡荡的房间，悲怆的夕阳越过百叶窗晒到洁白的被单上，房间如琼海瓜州般安静。直到哥哥敲响房门，我看见琼海深处那座陷落城市与沉睡灵魂的投影。

哥哥进门时微笑着，但我能察觉他眉间的忧虑，那是命运，是回避不了的话题。我们必须在阿呦和少女间做出选择，一方必须迁就另一方。可假如美与承载物都是唯一的对应关系，入口具有独一无二的属性，那我们如何在彼此的宿命中，找到自己呼吸的空间。

我从未像此刻一样，因为命运即将交汇而焦虑不已。

"我想你应该先见见她，或许你能接受呢？"哥哥率先跨出那一步，眼神里有难能可贵的真诚与坦率，既然不得不面对，那就让荆棘淬上毒液吧。

"你让她今晚来酒吧，我试试。"我无力地叼起一支香烟，哥哥的火柴已经送到了面前，我吐出的烟气像氤氲的情绪迅速而坚定地弥漫开来。哥哥只吸了一口，任由其化为烟蒂，只是小心别让烟灰沾上我的棉被。依旧温柔的哥哥对共存的未来充满期待，但他虚妄地回避我根本做不到这一事实。

我最初就该知道，同意见面本身就是错误。

那天我早早来到了酒吧，阿呦正在跟留有山羊胡的设计师谈扩建后的设计方案，通过设计进一步完善用户筛选标准。阿呦看我的眼神不仅温柔，还充满了炽热的火焰，随时考验、坚固着我的载物属性。我为他俩送去清酒时，设计师不露声色地注视着我，他的身躯甚至不自觉地前倾，可我无心微笑，从里到外绷成一张弓。我的心思都在那从未谋面的少女身上，甚至产生了某种男性的欲望，仿佛哥哥附体。就连阿呦也察觉到我的异常，露出疑惑的神色。

不知为何，今晚酒吧冷冷清清，似腾出场地等她大驾光临。可当她说出那句话时，我便刻意回避当晚发生的事情，只记得那宛如静止浪涛的短发藏着吞噬客轮的忧虑。事后我敢回想的只有那两杯百利甜酒。

当时，少女来到我的面前，眼里满是责怪与不悦，仿佛我触犯到她的底线。"你叫我来这间奇怪的酒吧，就为了让我看侍应装？看一个寻常女人？这种制服诱惑实在太缺乏美感。"

她说话时，看了看在酒吧一旁站着的阿呦，又看了看我，那眼神分明从我俩之间读出了什么。她阴沉下来，那种强势的压倒之美，让四周褪色如垃圾场。

她仿佛在对我做出审判。

而我却好想流泪，仿佛有什么被唤醒，有什么彻底磨灭。

当晚我提前请假下了班，把少女留在冷清的酒吧里，或许是我任性，但这是防止崩溃的强制应激。阿呦想问我发生了什么，我埋着头什么也没说就上了一辆的士。回家时，哥哥的房门没关，小巧精致的楠木书桌前灯火昏黄。哥哥背对着我，半个身子藏在阴影里，指间的烟蒂火星明灭，释放着忧郁。他看着那本日文书，专注的目光中深藏暴君的毁灭欲望。我害怕。

我进入房间，用力摔门发出巨大的声响，筋疲力尽地瘫倒在松软的床上，眼泪已花红妆，像贬谪庙庵的媚娘。

我回到了那片幻境里，推开左门的刹那，我看到一堆好似祭坛的柴薪，不知为何而准备。我的头顶有无尽浓云，那神秘的浓云之后，竟藏着微妙的背德快感，那是违背求生道德的死亡快感。我清楚地意识到自己的消亡，却产生某种逃出生天的轻松，仿佛有人替我去死。忽然，我回头望去，我发现左门紧闭似从未开启，而右门洞开，暗风寒雨。我在床上坐起时，浑身布满汗津。

不知何时，我竟紧紧握着水果刀，在我安睡时，哥哥显然用这把刀削了苹果。

我握着刀进了哥哥的房间。哥哥已经睡下，今晚的睡姿好似暴风雨中的航船，不断调整着，却依旧在漩涡中打转。我紧闭双唇，控制鼻息，生怕发出一点声音。刀尖紧盯着哥哥的脖颈，而那条精致的大动脉，让我变成一只落魄的吸血鬼。

可我终究没有动手，我如何能毁掉另一件容器，这世界上只有他才能理解我，何况他还不断给我给养，支撑我的成长。

哥哥那紧锁的眉头就是一朵紧闭的莲花，惊颤却依旧优雅。我离开时，发现哥哥的枕下有把锋利染血的降魔杵，也不知为了降服谁的心魔。

我回到房间，坐在床边，身体彻底脱力。我把刀扔在一边，栽倒在枕头上，却感觉枕头下方有硬物。

一根锋利染血的降魔杵！

这一切到底怎么回事？难道哥哥真要杀我，这是让我放弃的最后通牒？还是早知道我动了杀心，让我降服己心？

我唯一确定的是，那夜起，我俩彻底决裂。

虽然还住在一起，但彼此缄默，沉默直到那年佛诞节。我俩再也没在晚饭后，在客厅抽烟看书，唯独夏日晚风依旧。为了防止黑胶唱机沾染灰尘，哥哥为它搭上了一块黑布。两年里，我更加爱笑，对世界保持着旺盛的好奇心，从书籍电影社交中寻求全新的给养。我重新抽起了爱喜，淡淡的薄荷味充斥着生活，兰州像哥哥一样被我紧锁在了抽屉里。哥哥的眉头则锁得更紧，目光更加清醒，世界这座巨大的迷宫被他找到更多的出路。但他连走过都不屑，就留在原地，打磨着自己，与我远远地注视着。

可终究，他还是让着我这个妹妹，在那一天，狠心将自己摔碎。

五、那一天

"我们多想彼此成全，实在不行，至少成全一个吧。"

哥哥说这话时，我们站在山下，树林中好斗的雄性鹧鸪败下阵来，看着胜者把白斑黑羽的母禽捧为第一，却不敢直视那只隐于树影间的红羽本命。哥哥叹了口气，朝山中走去，我隐约看到哥哥身后有只手假装勇敢推他前进，那是哥哥的人格动机。或许不论推迟多久，整件事都会朝着这个方向发展下去。

今天，死亡在哥哥的心中无比坚定。

在通往那个古老洞穴的路上，要经过一条狭窄的栈道，山雨过后栈道上长满青苔。两侧的树林非常茂密，我回头望去，常常有迷失归途的惊慌。我跟随着哥哥的踪迹，亦步亦趋小心前行，哥哥则走得很稳，像在俗世滑行。

不多时，我们便来到那个密林深处的洞穴外。我随哥哥朝里走去，每隔一段路只有一盏微弱的油灯，连四周有什么都看不清楚。我越走越害怕，竟然不敢往前，一双充满寂灭温柔的手牵住了我，黑暗中响起了哥哥的声音。

"别怕，我带你走。"说话时，哥哥仿佛没走在我前面，而是走在我心里。

走了不知多久，前方终于有了明亮的火光，岩洞的尽头有一方小小的石室。看似清冷的石室里，隐隐有着干柴爆裂的燥热感，山中的潮湿寒意不得寸进。石室里没有别的摆设，中心放着一张蒲团，蒲团的面前，陈放着一把剃刀，刀身短小狭窄，但带着决绝的锋利。

哥哥面朝我坐在蒲团上，这是我第一次俯视哥哥，我从未发现他既高大又矮小，既宽容又逼仄，他是那么复杂，他那坚定的清醒深处，有着猛烈的疑惑，他明白世界，却看不懂自己，甚至不解到连自己内心深处的属性都要质疑。他在摔碎自己，他终要踏出这一步，但我却不愿向他靠近，我知道我很自私。

热爱生活的人都是自私的。

但哥哥却看着我笑，他笑起来的样子，是那样平静温和，就像一位坦然面对生命终结的老者。他在蒲团上盘膝坐定，自顾自点燃一支烟，好像石室的主人已经默许。

他拿起剃刀后，每吞吐一息，头颅上便多一道光滑。

可当第一缕头发落下，瞬间化为一团火，点燃了石室中看不见的柴薪。不一会儿，室内火光大作，热浪翻滚。那火不光要烧尽哥哥的烦恼，还要烧光我的烦恼。可我看他在火中微笑，目露反抗之光，以沉默对抗着平庸。哥哥心中生起一朵优雅的不灭之花，那是容器消逝前独有的壮烈。

可我却害怕了，后悔了，拼命拍打火焰，那是痛彻心扉的撕裂，把心的一半给抽干。我用防寒的呢子衣去拍打业火，可火焰越来越大,我已经看不见哥哥的模样,好像哥哥用火焰赶我走。

眼见火势越来越大,我不得不退出去,大火把洞内干燥的火把点燃。我这才看清,洞内有无数精美壁画,记录着许多人的前世今生。我一路逃窜,一路被无数目光注视,他们的目光像银针和棉花,刺痛我又抚慰我。火焰将一切生死照亮,可宿命与代价让我说不出抱歉。

哥哥,谢谢你成全。

终于,我逃出了山洞,刚才的轰鸣与吞噬消失无踪,仿佛什么都没发生过,我还是我,那件深色的呢子大衣还穿在身上,依然有爱喜薄荷味的清香。只是兜里多出兰州烟盒与泊头火柴。

我停下来抽支烟,点烟时手有些抖,烟火渐渐驱散分离带来的恐惧。

这时,我抬头望天,浓云散去露出背后的风景——那是一片虚无的山林,每片树叶上都述说着无意义。

六、那一天之后

我坐长途车回家,看见背着行李匆匆前行的中年人,忽然想到制作一辈子陶具的父亲。回到单元楼，一向拥挤的电梯空无一人，开门时钥匙扣上的白猫挂坠独自晃荡。我进入一居室，墙壁上挂着装裱起来的双学位证书，饭桌上只有一个烟灰缸，桌前放置着一把座椅。我整个人扑倒在床上，被降魔杵硌得慌。

门外响起了敲门声，我想应该是阿呦，之前的旅行不辞而别，想必让他担心。可开门时，却发现是那名短发少女。她看见我的瞬间便哭了出来，哭得那么伤心。可令人惋惜的是，她那一切为其而生的黑发，美丽已荡然无存。我这才意识到，唯一的容器不仅为唯一的美而生，唯一的美也被那樽对别人毫无价值的容器赋予。

美舍弃了她。

她朝我靠近时，我准备告诉她哥哥的死讯，可她却抱住了我，双唇猛烈地贴近，她的吻里没有爱意，唯有急切的追寻。我想她必将永远年轻下去，唇线柔美似雨。

"你到底怎么了，你怎么会变得这么陌生，跟过去完全不一样?!"她如此激动，只因为在双唇间找不到入口式的爱吧。

"哥哥走了。"我如实回答。

"哥哥？你之前说你妹妹，但我从没见过她，那晚你让我去酒吧见她，却发现是你，这个玩笑拙劣无比。你现在又给我说什么哥哥，你……"她大声质问时，模糊地察觉事件的真相，她抚摸我已经剃光的头，眼里涌出了泪水。

"到底……发生了什么？"少女鼓起勇气注视着我，声线有些颤抖。

"我和哥哥的存在都绝对地依赖着审美,正是由于不断寻找美,用一生去承载美,才让我们一直共存。当我遇见阿呦,当他爱上你时,你俩呈现出完全相悖的美——包容的美和压倒的美,迫使我们做出选择。"

"哥哥、妹妹……你们真的?"

"没错,我和哥哥共存于这个女性身体里。"我说这句话时,仿佛随时可以从体内抽离。

"然后呢?"

我是亲身经历后,才思考这一切的合理性,那看似形而上却无比真切的答案,"存在依赖审美,而审美,这种与命运绑定的美学追求,是一种与生俱来的执迷。"

"也就是说……"少女看着我黑发尽去的头顶,泪水满盈。

我看着她的眼睛,轻轻地说:"哥哥毁掉了自己。"

穷举

关上画室后,潘兴重启了人格。

进度条缓慢地加载着,重启就像一场恼人的春雨,会持续好长时间。但今天他没空不耐烦,心里被挫败和不安占据着。今早打碎的餐盘带给他不祥的预感,使得他喝咖啡时忘了放糖和奶精,浓郁的酸苦味叫他无法忍受,又漱了一遍口。

吐泡沫时,他的脑内芯片一如既往地工作着——她的声音提醒他该去医院了。年老的他已经不习惯被其他人打扰,即便是声音也不可以。他望着镜子,擦了擦皱纹满布的脸,确认满头银发还算整齐后,穿上了浅蓝西装。拿烟时迟疑了片刻,但还是揣上后才出了门。

排号是一场漫长的等待,他在医院的花园里抽了三支烟,比平时抽得少,抽得慢,像是留恋一位旧情人。白乐乐离开后,他习惯了吸烟,转眼已经二十年了。过去他总是劝身边的朋友戒烟,可当他沾上后才明白其中的滋味。他到现在都不喜欢香烟的味道,也不适应二手烟,但香烟确实陪伴了他许多年。二十年里,他一次次被白乐乐要求戒烟,可当她离开,空窗期的他又会再度点燃,在晦暗的卧室里,在寂寞的厨房里,在喧嚣的夜店里,他一次次点燃,陷入浓稠的思绪里。

坐在医生面前时,他显得很不自然。他一直畏惧穿白大褂的人,这些深刻理解生命的人,反而有种不祥的气息。他的耳畔意外响起餐盘碎落的声音。

这是幻听。他安慰自己,尽力摆脱臆想,等待医生的结论。医生下结论时没有感情的波动,他说得准确而细致,尽到了职责。

转眼间，不祥的预感变成了沉重的现实压在潘兴的心上。

他恍惚地走出医院，坐上了出租车。司机有一根机械手指，说是年轻时帮派械斗后安装的，但潘兴现在无意搭话。他的眼窝比平常更深，像要陷入回忆。

他的小区搭载了功能强大的虚拟人格，不仅完美地服务业主，而且跟不少业主建立了友谊。有些业主甚至拷贝了虚拟人格的副本，载入了自家的电器。而潘兴在这里住了四十年，它对他早已熟悉不过。当潘兴以极不正常的精神状态走进小区时，它载入一位机械保安的身体，急切地关心道："你怎么了？巨额存款被冻结啦？"

虚拟人格最难学会的就是幽默，但确实帮潘兴定了定神，浅浅地说："没事。"

"看你这状态可不像没事的样子。今晚来参加业主舞会吧，据说有些年轻女孩儿盯上你好久了。现在老帅哥就是吃香……哎……你怎么走啦！"它见潘兴走远，转眼载入他身旁的机械园丁，"你到底……"

接着，它选择了闭嘴，因为他看到了潘兴的眼神。虽然他难以读取眼神的丰富内涵，但他知道，之前有个投资失败后自杀的人，跟他的眼神一模一样。根据人类行为学，情绪当下的开解都是无效的，它能做的只有盯牢他，尽量阻止意外发生。

它没有足够的把握，救援白乐乐失败的案例依然影响着它对概率的判断。

回到家，潘兴疲惫地钻进被窝，想着"肺癌""绝症""三个月"这些关键词，身体仿佛快要绷断，陷入噩梦包裹的沉睡中。

直到一个声音响起。

"你怎么没等我就先睡了。"熟悉的声音伴随着夜风进入他的身体。

此刻，房间被银色的月光填满，而她坐在床畔，带着淡淡的颜料气息。

他抱着白乐乐，陷入无声的哭泣中。

此刻，进度条在读满后缓缓消失了。

白乐乐去世半年后，公司合伙人给他放了一个长假。

"老潘，要不然……你还是先休息一段时间吧。"一向豪爽的老友变得吞吞吐吐，潘兴俨然成了公司的负担。

"那我把初拟的合同文件和渠道进度发给你。"他一边说着一边启动了脑内芯片。

"老潘，你我是兄弟，但你最近干得……太勤快了，你知道，职权方面……"老友企图解释，但被潘兴打住了。

"我明白，"公司资料全部离开了芯片，他有种踏空的错觉，"谢谢你。"

他有好几个月没回家了，家里杂乱，布满了灰尘。来门前讨食的猫因为无人喂养，放弃了这个据点。没人住的房子坏得特别快，抽油烟机和卧室的灯已经坏了，冰箱里的素菜和剩饭散发着馊味。要让这地方能重新住人，绝对是一个大工程。

他挽起袖子，打消了请家政的念头，"有事情做也好。"

但他早该知道，时间是杀不完的。

他一刻不停地忙碌到凌晨两点，听完了十几期音乐节目，一身臭汗地躺在沙发上，腰和颈椎都酸痛得无法伸展。可他依然毫无睡意，用芯片购买了三叶草卫星的四十八小时视角权限，望着过于广阔的地球和宇宙发呆。当他醒来，也不过才早晨六点半。从此，每天只睡三小时，他不经意间持续了十年。

无所事事令潘兴感到焦虑和厌倦，他参加了社区的义工组织。他跟老头老太太们一起分发"关怀战后创伤综合征患者"的传单。他因此认识了一个名叫约翰的黑人老头，他的妻子在十几年前去世了。

闲聊时，他说了些潘兴的心里话，比如没经历过的人根本不懂，安慰根本没用，爱人走了时间会变得特别多，最后他拍着潘兴的肩膀讲："其实咱们就缺人陪，我给你讲，有一款叫'灵魂伴侣'的虚拟人格不错，我就在用。系统会根据你的喜好生成虚拟人格，慢慢相处着，你要觉得哪儿不合适，就重启人格。重启后，系统会根据反馈来生成全新的人格，时间长了绝对是最适合你的老婆。"

只见他凭空盈盈一握，看来他的专属伴侣就在一旁。

"谢谢，我一个人挺好的。"潘兴撒了谎，可那又怎样，他需要的不是一个最佳伴侣抚慰寂寞，他只需要她而已。

她或许不是最好的，但她是独一无二的。

"那你试试这个吧。"约翰拿出了一根烟,"它当不了妻子可以当情人。"

义工组织越来越让人难以忍受,日暮般的气息提醒着他还要活很久。然后,他经朋友介绍去一家小剧场,那里聚集了许多脱口秀的爱好者。每个参与者有五分钟的表演时间,而潘兴很快成为了这个团体里的佼佼者,甚至有人慕名来听他的脱口秀。但他知道,这些段子并不新鲜,他只是模仿着白乐乐。他一边表演,一边回忆她的每一个肢体动作,每一个语调转折,看着台下哈哈大笑的观众,他想起那时的自己。

一段时间后,他感到这种形式有着内在的不协调,于是离开了舞台。

离开舞台的那段时间,他更加无所事事,他尝试了各种方法杀时间,最后都落得与香烟为伴。直到他接触了刻刀。

他去参加一个雕塑体验班,从最基本的圆雕开始,临摹一个随处可见的石膏。那是他第一次用刻刀,当然还有其他的工具,在细腻而粘黏的泥土上尝试。他雕得很费劲,而且刻出的线条越发怪异。

"你还真有趣,临摹的石膏是男性头像,你刻的这线条却是女人的。"老师半嗔半笑地指出后,他的视线才从具体的线条中抽离而出。

当他认出线条的主人时,这起意外带给他非同一般的快感。

意外发生后,他给合伙人打了一个电话:"老李,再给我三个月的假吧。"

合伙人同意时，潘兴忽略了他的为难，并且将批准的三个月，拖延到了半年。半年里，他打开了尘封许久的画室——那是白乐乐的画室，所有的画作都被蒙上了白布，包括死前未完成的那幅。他把材料和工具搬了进去，听凭自然地雕刻出许多形象。当合伙人终于按捺不住登门拜访时，他才发现自己竟然已经雕了那么多。

"你这大半年就在干这个……"老李看到一片狼藉的工作室后，"这都是些什么?!"

事实证明，潘兴毫无天赋和技巧，根本雕不出像样的作品，除了那些女人的线条。只有他知道自己拼命塑造的人是谁。

他看着无数的半成品，不得不承认自己全面失败。

她依然只存在于自己的回忆里。

"老潘，你一直负责公司的市场业务。你走了的这大半年，我又忙产品又忙市场。公司正在成败的坎儿上，你要是不想参与经营，我就找人替你。"老李看见茶几上塞满的烟灰缸，皱了皱眉头，"我希望你想清楚。"

"而且，这都一年多了，"老李忍不住多嘴劝了一句，"还有什么过不去。你看你现在像什么样子。"

果然没经历过的人什么也不懂。潘兴暗自想着，但确实发现生活偏离正轨太多了。

爱人死后，他就像没有锚的船，在命运的海上漂泊不定。

"你让我考虑一下,今天给你回复。"潘兴看着老李笑了笑。

"唉,老潘,这很遗憾,可你总得看开些。"老李用力握了握他的肩膀,转身离开,房门被关上。

潘兴则走进了工作室,面对着新雕的人像陷入沉思。当黑夜深沉时,他审视了公司和生活后,给老李打了电话。

"我明天上班。"他生怕自己反悔,说完立马挂断了电话,随即举起铁锤敲碎了眼前的石像。

他看着残破的人像,竟然涌起了一股无法抑制的塑造冲动,就着剩下的材料敲打到天明。

眼看着东方泛起鱼肚白,他疲累而着急地穿上衣服,忙乱地收拾了一些东西,匆匆忙忙出了门。他走出小区时,脑内芯片已经提前预约了出租车,一辆经典甲壳虫恭候多时。

他坐上后座,看到司机微微感到惊讶——虽然穿着制服,但她由内而外地溢出着柔美。这名女士的美丽足以扫尽乘客的疲惫与尘埃。然而,潘兴并未感到安抚与放松,反而被暴虐的美神所操控,因为刻刀被他一不小心揣进了衣兜。

旅途中,他被女司机的脖颈所吸引。在潘兴眼中,它宛若活物,弯曲着,婀娜着,性感的绒毛俏丽多姿。他想捕捉它,用刻刀将其占为己有,作为塑造乐乐的不二材料。

此刻,他意识到塑造乐乐是一项使命,不论使用什么方式和材料,也在所不惜。

他被理性和迷乱拉扯着,下车时冷汗早已浸湿了衣衫。女司机贴心地递上毛巾。"这么热你该告诉我,车内配有局部制冷系统,不用担心我受不了。"

当天,老李细心地观察着潘兴,他安慰着自己——这状态只因潘兴刚回来不适应而已。潘兴整天都在芯片里翻阅文件,完全没有着手开展工作的样子。每过半小时就会去天台抽烟,几位下属想向他汇报业务进度,总是找不到他人。下午四点要开项目会议,潘兴却提前溜走了。

早晨的事件令潘兴心有余悸,索性选择走回家去。事实上,这并不是什么好的选择。在路上,他近乎无法自控地选择各种塑造材料,不光是人体,还有钢筋水泥,甚至有天空的飞鸟和地上的爬虫。他感到无比头痛,身体忠诚地遵循着冲动,想方设法塑造白乐乐,为白乐乐招魂。

他不得不承认:我想你回来,不再离开。

他心力交瘁地回到小区,病态的情绪折磨得他近乎昏厥,就在他模糊的视野里,他看见老约翰凭空搂着一个看不见的人,有说有笑地在花园里散步。

蓄水已久的大坝终于开闸,情绪的奔流找到了出口。

他立刻用芯片购买了"灵魂伴侣"虚拟人格,并且花高价买下了全部的人格组件。

只见他的眼前出现一句文案——全方位懂你,百依百顺出自本能。

"我不要百依百顺,"他猛地按下加载组件,"我只要她而已。"

加载组件前，系统提示：加载全套组件，在高度接近自然人格的同时，会增加磨合难度，甚至破坏用户体验，是否执行加载命令？

她不需要接近，她本来就是。

一微秒后，她站在潘兴的面前，手里拿着一堆食材，疑惑却开心地说："今天下班这么早?!"

这时，潘兴毫不犹豫地按下重启，他的眼前跳出了经验反馈界面。

他写道：她最讨厌羊排。

灵魂伴侣的客服中心设在市中心最好的写字楼里，上百名客服处理着虚拟人格的突发状况。虽然，经验重启系统很好地保持了新鲜感和满意度，但人的需求千奇百怪，满足本身就是一次漫长的恋爱。

客服中心的主管来到产品总监的办公室里，故作焦头烂额。"这个VIP客户的事故单已经挂了整整一个月，太扎眼睛了。"

"那根本就不是事故。"总监取下了眼镜，年少得志的他有着锋利的气质。

"不就是重启变慢吗？产品部连这都解决不了？"主管这只老狐狸避重就轻地打着太极。

"人格重启变慢根本就不是产品的原因，像他那样在十几年里重启数十万次，写入了那么多经验代码，预留的8PB内存都不够他用，重启慢太正常了。"总监瞥了一眼主管，"你要是能说服他放弃那个跑偏的人格，产品部可以免费为他换个新的高配人格，并免费优化组件，用我们的预算。"

"'她根据我的要求做出改变，跟她自发地选择完全不一样。'这是客户的原话，他要的是浑然天成的人，不是百依百顺的功能人格。这个VIP客户的需求只能由产品部满足。"主管说话时看着窗外的天空，巧妙地避免正面交锋。

"不要被年终奖冲昏头脑，想清楚再说话。你也是做产品出身，对虚拟人格的有关法规很清楚。这个客户要的是自然人格，你想让公司倒闭吗？而且从技术层面讲，完整复制或复活某个自然人格，光时间成本就已经是天价。"总监喝了一口咖啡，"这早已超出了售后的范围，甚至超出了公司的业务范围。"

客服主管皱了皱眉。"这人到底想干什么……"

"他在穷举。"总监的话里含有一丝钦佩，"用自己的一生去穷举别人的一生。"

"竟然没办法解决？竟然只说没办法解决！你们的售后是摆设吗？！"他看着进度条才到18%，更觉得不耐烦。三四年前，他察觉重启变慢，而且等待极为漫长和难熬。他甚至为此看过心理医生，医生玩笑般地定义为"瞬间重启重度瘾者"。

"先生，我们可以为您更换……"客服的方案里透着尴尬。

"更换？那你能补我十几年的差价吗！"潘兴抛弃了风度，

狂暴地在脑内大吼，即便语音传输给客服前就会被过滤掉不良情绪。

"那您能否采取周期性重启，你与人格的相处过程中，人格会根据你的要求修改行为，当你周期性重启时，我们提供的云端经验系统，会重新整合加工，虽然达不到您目前的塑造精度，但也能促进人格进化。"客服的建议确实可以缓解重启焦虑，但他还是拒绝了。

"我要她永远走在成为自己的路上，即使慢一点儿，而不要她因为我而做什么，过去的白乐乐不会，未来的白乐乐更不会。你们始终不懂其中的差别。"沟通到现在，潘兴感到疲惫和索然无味，这些商家永远无法理解自己的想法。

他挂断电话后，将三片安眠药，就着咖啡和烟吞了下去。每天三个小时的睡眠保持了十几年，以后他要用安眠药强行杀时间。

"你怎么趴在桌上睡？我不在你连床都不睡？"他听见白乐乐的声音，挣扎着揉了揉眼睛。

"嗯，代入卫星视角后看睡着了。"他看见乐乐从冰箱里拿出燕麦片和酸奶，把牛奶给了他，然后往燕麦片里加了咖啡和砂糖。

这是她的秘制麦片。

潘兴喝了一口，牛奶有些凉而且味道不好。虽然牛奶只是模块，却依然会刺激神经，产生高度的真实感。因为总是跟白乐乐在一起，潘兴每天都活在增强后的现实环境里。

"对了,我给你讲过吗?我最近有了新的创作计划,打算画一个硬币世界,超现实主义的画风,将山水跟硬币叠加在一起。"乐乐解释创意的时候,把麦片洒在了桌面上。

"你用钞票主题不是更明显?"

"明显了还能叫隐喻吗?而且硬币有质感,象征了结构和权力,甚至轮回,算了,给你说了也不懂。"潘兴看乐乐嘟起了嘴,一张脸气鼓鼓的,觉得可爱又放心。只要他提出建议,即便不是反对意见,白乐乐还是会不高兴,但下次依旧会讲给他听。

"我们今天去哪里玩?"白乐乐几口吃完了麦片,把盘子扔在水槽里,完全没有要洗的意思。

"你不是要画画吗?对了,之前那幅画完了吗?就知道出去玩。"白乐乐总有层出不穷的创意,但大多只是用来过过嘴瘾。潘兴把杯子放进了水槽,挽了挽袖子准备洗碗。

"但是好累啊,完全不想画。"白乐乐躺在沙发上,启动了芯片内的小游戏,游戏角色随她的视点移动攻击,消灭一个个邪恶泡泡。

"那去美术馆好不好?"

"不好,去了好多回了。"

"那去看电影好不好?"

"你肯定提前选好了科幻片对不对?哼,没意思。"

"那今天天气好,咱们去骑自行车吧,还可以拍些照片。"

"虽然在我眼里,你一直是二十岁的小伙儿,但你的老腰……算了吧!"

潘兴终于忍不住说:"你到底想干吗?城市就这么大,活了几十年,当然哪里都去过啦!"

"嘿嘿嘿,"白乐乐露出一脸的坏笑,"东桥边新开的烧烤店还没去过。"

"你有没有搞错!大清早去吃烧烤?"虽然潘兴立刻反驳,奈何白乐乐每次提议,必然有备而来。

"这家店二十四小时营业,每天中午就开始排位,现在去正好。"说着就拖潘兴出了门。

自从潘兴第一次遇到她,他就知道白乐乐是个吃饭不需要照顾的女孩儿,当然也不能奢望她照顾你。她喜欢用生菜包烤肉吃,就算被烫到,也是满脸堆笑地猛嚼。潘兴看她吃得这么欢,偷偷拿出了一支烟,却被嘴里包肉的白乐乐咿咿呀呀地制止住。

着急上火的样子也很可爱,潘兴想。

吃完烤肉后,白乐乐又拉着他去喝下午茶,正宗的港式茶餐厅,他们在这家店里消磨了无数个下午。潘兴忍耐着磨人的烟瘾,听白乐乐讲她要怎么画下一幅画,如何去构图,如何去立意,如何去独特地表达。说起绘画时,她会变得手舞足蹈,不停歇地输出自己的思想和审美。潘兴在认识她之前,完全不懂什么叫人文艺术,在半自愿半被迫地阅读大量书籍后,才能理解她的审美逻辑。

爱情是伟大的。用老李的话讲:你终于不是一个乏味的业务员了。

"玩够了,要回家吗?之前那幅画还继续吗?"潘兴已经买好了单。

"当然,走吧走吧。"

白乐乐如此回答,潘兴既欣慰,又有些紧张。

她成为她了吗?潘兴琢磨着。

在回家的路上,白乐乐平稳地开着车。她喜欢驾驶,并且是亲自驾驶,任何自动驾驶在她眼里都是异端,唯有"用双手掌控坐骑在路上疾驰"才是真理。路上,有一只野狗突然窜了出来,白乐乐熟练地避了过去,一如往昔。

她应该成为她了吧。潘兴多了一分信心。

刚到家,白乐乐兴奋地走向画室,潘兴则去了厨房,用简单的材料为白乐乐做了一碗面条。而在做面之前,他用芯片下达了一个命令。

进度条一闪而过,潘兴的眼前出现文字提示:人格搭载成功。白乐乐进入了一个仿生机械体内,那是潘兴为她准备的身躯——跟曾经的一模一样。

这是最后的检验,对潘兴而言更是一场豪赌——那幅未完的遗作将被真实地完成。

她一定是她。潘兴把面放进了滚开的水里。

当潘兴满怀期待地推开画室的门,那幅画却毫无变化地躺在一边。白乐乐在一旁打着草稿,胡乱地涂抹颜料,畏惧着那幅未完成的画。

此刻，期待如戛然而止的交响乐，如屠龙时断掉的剑。他毫不犹豫地重启了人格，在经验反馈界面上，写了一条极其模糊的信息。

"我们还需要时间。"

得知自己身患绝症的那天，他没有借助安眠药就陷入了沉睡。但这番沉睡令他备受煎熬，那是一场漫长的噩梦，在梦境的开始，他回到了白乐乐死去之前。

又一个晚归的工作日，男人会因家里没有爱人而更加迷恋工作。在回家的路上，潘兴把白乐乐的邮件又读了一遍。她已经在国外旅行了三年，每一封邮件都写满了欢乐。潘兴没有阻拦过，因为他知道这场旅行对白乐乐有多重要。

他推开家门时，发现餐厅的灯竟然亮着。他警惕地走过去，只见白乐乐坐在餐桌旁，安静地吃着燕麦片。他俩的目光触碰时，彼此都没有说话。潘兴像是想起了什么，有些不好意思地说："咖啡换了个牌子，也挺好喝的。"

"嗯。"白乐乐露出笑容，又吃了一勺。

日子并没因白乐乐的归来而变得多么不同。他们相爱太久，相处太久，彼此的默契足以应对任何的突发事件。他一如既往地忙于公司运营，为公司的产品打通渠道，树立市场形象。然而，总被反锁的画室，给这份默契染上了不祥的气息。

潘兴深夜回家时，画室的灯还亮着。他想像过去一样，从背后抱住爱人，轻吻她小巧的耳垂，但画室总被白乐乐从内部反锁。潘兴生怕打扰白乐乐，只得先行去卧室休息。不知凌晨几点时，白乐乐会钻进他的被窝。虽然睡在一起，潘兴却感到异常不适。白乐乐的睡姿极不自然——她用尽力气地蜷缩着，甚至微微颤抖。潘兴关切地问她怎么了，甚至想带她去看心理医生，但乐乐什么都不说，把自己关在画室里埋头作画。潘兴只能用力抱住她，像安抚一只落败的小野猫。

他爱的元气少女到底怎么了？

直到有天他接到了医院的电话——乐乐自杀了。

乐乐躺在停尸房里，除了一条从手腕割到肱肌的伤口外，看上去就跟睡着了一样。当他得知乐乐割腕后，主动给医院打了电话，他发狂般地痛骂医生，痛骂医院。医生克制地等他发泄完怒火后，对他说："现在的送医机制非常完善，九分钟内呼救绝对来得及，但您的爱人浸泡在浴缸里，二十分钟后才打电话。即便我们接到电话后，第一时间联系了邻近的派出所和物业人格，也来不及救她。"

听完医生的回答，他的情绪被一堵无形的墙挡住，愤怒戛然而止，迷惑与茫然涌上心头，他蹲在地上，号啕大哭，无力地抓住医生的裤脚。

"潘先生，我真的不明白，为什么您的妻子会在割腕后这么久才给医院打电话？因为据接线的护士说，您妻子呼救时完全没有放弃自杀时的惊慌和无助，语调非常正常。毕竟，割腕承受的心理压力特别大，而她仿佛是需要这种状态……"

没等医生说完，潘兴忽然想起了什么，猛地跑出医院，打车回家。

他刚进家门就闻到浴室里的血腥味,引起一阵反胃。他跌跌撞撞地上了二楼,一把推开了画室的门,一种"巨大"的色彩涌向了他,击倒了他。他跌坐在地上,不知所措。画布上的颜色浓艳而纷繁复杂,却传递出惊人的冷漠,那神秘的色彩系统构成了巨大的隐喻,冲击着人类的五感。

而且这幅画并没完成,中央的巨大空白处亟待填补。

后来,潘兴在清理遗物时,发现了一本纸质笔记本,其中记录了她三年旅行中的一段经历——她曾深入战场。战争让人异化,不光有受创的士兵,更有为生存而变异的平民。她见证了许多事实,可当她发现一家人为了活下去,打算吃掉病重的小儿子时,她用防身的手枪,杀掉了一家四口,包括那个襁褓中的小儿子。

她在随笔的末尾这样写着——

孩子,我该怎么办

没有标点符号,纸被笔尖刮破了。

他忽然明白为什么会有那样一幅画,为什么夜里会如此不安,为什么会割腕自杀又打求救电话。

你要宣泄狂躁而憋闷的情绪,于是无限地靠近死亡,承受渐渐死去的压力。

但你玩过火了,你丢下了我。

可你知道思念有多痛吗?

从噩梦中醒来时,他紧紧地抱着白乐乐。她陷入沉睡时,那姣好的侧颜如晨露般珍贵。二十年,十几万次重启,他一一写入了她的全部,她已经成为了白乐乐。

只待通过最后的检验。

在今天之前,他已经检验过无数次,无一例外地失败了。失败之后,他针对各人格组件,强化那些既有的细节,再度穷举白乐乐生而为人的印记,以期在重复学习后,形成更深层的思维逻辑和神经系统。

但最近这次重启后,他打算引入一个变量——白乐乐从未面临、他们也从未经历的事件。潘兴也不知会发生什么,但他老了,也快死了,早已用不着担心太多。

他俩吃早餐时,潘兴喝着牛奶,点燃了一支烟。白乐乐察觉气氛不正常,再联想到昨晚潘兴的哭泣,立刻像只敏感的小兽,捕捉着一切信息,充满防卫与关切。

"我就要死了。"潘兴把医嘱的录音文件发给她,"只有三个月好活。"

她默默地听完,没有说话,把餐盘和茶杯放进了水槽,然后极不熟练地洗起来。然后她问潘兴想吃什么,有几家新开的餐馆,让他挑自己喜欢的。看着白乐乐的反应,他有些失望,甚至有种功亏一篑的错觉,她又变成那个百依百顺的人工智能了吗?

结果,他们一整天都待在家里,乐乐非常用心地煮了一桌家常菜。但潘兴想到已经失败,烦闷便压垮了他,怎么也笑不起来。夜里,乐乐想要抱他,却被他背过身去,意兴阑珊。

面对失败,他疲于反抗。他觉得自己很可笑,挣扎了这么久,还是没能把乐乐带到自己面前。

"潘兴,我该怎么办……"

他缓缓侧过身,只见眼泪一滴滴从乐乐的脸颊滑落。这是他激发出的变量。之前相处的二十年里,白乐乐从没在他面前哭过。她虽然看起来很小女生,却比谁都要坚强。

"死之前,我想看到你完成那幅画。"不知潘兴是真情还是假装,"抱歉,我偷看了你的作品。"

白乐乐一把擦干眼泪,"嗯"了一声后前往画室。

潘兴把白乐乐搭载进身体后,陷入了纷乱的思绪中。她会怎么做?是在白纸上打草稿,还是静静地思考这幅画的含义,或者畏惧这样浓烈的色彩,甚至恐惧冷漠的情绪,最后干脆放弃?这些事儿被之前的她干过,潘兴选择了重启。

因为,这道看似开放的题目,潘兴却有唯一的答案。

独一无二的白乐乐,只有一种选择。

刚走进画室,他就听到"啪"的一声,白乐乐把画笔捅进了中央的空白区域,像匕首捅穿身体。

那画笔沾染的红色颜料,随爆裂的插入,星星点点地溅射在空白区域里,成了整个色彩系统的核心。

暴虐的作画方式成就了作品,就像死亡成就了她一样。

只是,这次的死亡来自潘兴,而窗外的春雨下得不合时宜……

在一家新开的小菜馆里，白乐乐点了一盘时令蔬菜——茼蒿炒生菜。这道无趣的菜式竟被厨师做出了独特的味道，仿生身体可以拆解滋味，转化为程序满足她的食欲。厨师是老板娘的丈夫，从大山里走出来，在女方的资助下开了这间餐馆，目前生意红火。

老板娘的小腹微微隆起，幸福的笑容堆在了脸上。她招呼食客体面周到，留下了不少的回头客。她刚大学毕业不久，跟自己的男人一起打拼着，活在当下俨然是她最大的优点。白乐乐吃着小菜，一口口喝着米酒，老板娘还为她端来了腌黄瓜。她轻轻地说了声"谢谢"。

尝过新滋味后，她去了满是老味道的茶餐厅。港式茶餐厅有着一种魔力，它会随着顾客一起体面地变老。即使堆满了岁月的气息，也没有那些疲累的牵绊，人与人的关系在这里显得尤为亲近和随意。她点了老三样，然后看了一下午电视剧。坐独凳的秃头老板则翻阅着旧报纸，仿佛借助它回忆青春往昔。

夜里最是无趣，她独自画着画，画烦了也毫无睡意。于是她代入三叶草卫星的视野，看着无垠的宇宙发呆，直到对那片空旷感到厌倦。她百无聊赖地在家里散着步，最后停在了厨房里。

她打开冰箱后有一刹那的迟疑，随即拿出了牛奶，将潘兴用过的茶杯捧在了手里。

仿佛无止境地发起了呆。

直到她点燃了一支烟，迷恋上陪伴的感觉……

胡不归

序

从地球带来的机械,为人类准备好了农田,准备好了厨房,准备好了生产流水线。可所有人都挤在研究所里吵吵闹闹,没个消停。

"一群笨蛋。"宋克蹲在培育室的门后,顶了顶黑框眼镜,裹着风衣。那片布满黄沙的土地,以及从未停歇的狂风被隔绝在外。他默默地吞吸着香烟。

"都他妈以为自己是工程师,没人愿意干农民的活儿。"舒俊锁好小麦培养品,也靠着门蹲下,从宋克的烟盒里取出支烟,嘴里骂骂咧咧。

"我……有点支持不下去了。"舒俊的话里有着愧疚的意味,在理想主义者面前,一切的迂回都被视为胆怯,何况是赤裸裸的退缩。

幸好,听的人是宋克。

"痛苦吗?"宋克抖了抖烟灰,听着那群疯狗吠叫着争夺领导权。

"嗯……"舒俊一边吸,一边思索该如何形容,忽被烟灰烫到,他脱口说,"像长了脑瘤。"

这时，宋克从兜里拿出某物，塞到了舒俊手里。

"用这，止止疼。"

一

"我必须要走！"宋克收拾着行李，一边大吼表明立场。

"你去了就会后悔，那里什么也没有，什么也种不出来。"母亲躲在卧室里哭泣，父亲责骂得气喘吁吁，皱纹让他们的脸看上去逼仄无比。

"这里的一切又是你们种出来的吗？"宋克指着地面，像将某种恨意钉往地心深处，"你们跟这片土地一样，都是掠夺者。"

父亲仍在谩骂，母亲依旧哭泣，宋克到处翻找飞船的启动密钥，直到发现父亲一只手紧攥着放在口袋里……

刺……冬眠舱正在慢慢开启，氧气逐渐充盈，宋克的意识被噩梦惊醒。他看着冰冷的飞船内室，感觉有些发蒙。

飞船内部发来通信提示，他点开全息图，只见舒俊已经收拾妥当。这个从小到大都颇有女人缘的挚友，连建设开荒也不忘把自己打扮得漂漂亮亮。

"你怎么还没收拾好，所有人都准备离开航空港。"舒俊看上去很兴奋，充满了朝气，丝毫没有冬眠后的副作用，"我们就要去建设新世界啦。"

"嗯，建设新世界。"宋克撇开种种思绪，认真说，"我们是建设者。"

走在漫长的甬道里，所有的年轻人都彼此问好，像18世纪法国人民攻占巴士底狱后，所有人拿着啤酒高呼彼此"公民"，而这些年轻人则互称"兄弟"。

他们都是兄弟会的成员，誓言建设新世界的"兄弟"。

年轻人讨论着地球上的各种集会，对父辈们养老生活的鄙视，但讨论最多的是在移民局发现这颗星球后，年轻人激动地响应号召。

宋克戴着黑框眼镜，穿着风衣，看起来有些书卷气。可这时，他愉快地交谈着，离开前的隐忧与内疚已被抛诸脑后。

宋克谈到母星时，用了一个词——中产阶级星。过去的地球，穷与富早已消失，所有人都被规划得衣食无忧，生活如一潭死水。母星上已没有了政府，只有一个类政府性质的移民局。

然而，年轻而躁动的热血之心，哪里受得了平静如水的养老生活。

宋克这些话，引起了其他年轻人们的共鸣。他们不自觉地唱起激昂的歌，齐齐地加快速度，朝甬道的出口走去。

像要奔入新世界。

当宋克走出甬道，强光让他睁不开眼，随即他感到一阵狂风刮过，风里有异物割得他生疼。待他能视物时，虽早对这颗陌生的星球有了心理准备，却还是有些震惊。

即使这颗星球曾有生物存在过，年轻人仍始终认为黄沙才是它的祖先。

黄沙无边无际，那些耐寒耐旱植物也被淹没在这幅惨黄画卷里。甬道面前，停有一列老式的火车。因为目前能被开发使用的能源，仅仅只有炭而已。火车发出轰鸣，像是苍老的摆渡人一边招手揽客，一边往河里吐着口水。

或许是被这颗星球的荒凉所震撼，人们停止了歌唱，拖着刚才没觉得重的行李，走上了车厢。

"愣着干吗？走。"舒俊拍了拍宋克的肩膀，拉着他上了火车。

宋克走进车厢，听着车头发出声响，转身回望，身后的航空港在黄沙中默默伫立……

火车开了两天，车里有储备好的食物和啤酒。大家一边喝酒狂欢，一边纵情跳舞。宋克则是一支烟接着一支烟，离家时的场景还在心里萦绕。

"干吗不去跳舞？"舒俊搭着两个漂亮的姑娘，大声地问他。

"我不会。"宋克摆摆手把他赶走，从身后拿出日记本和钢笔，这些东西在地球上也算是老古董，但他一直保持着这个习惯。这是来星球的第一晚，他感觉必须写点什么。

"你在写什么？"一个悦耳的声音响起，宋克抬头一看，面前是一名满脸凶相的女人。

"我在这儿。"一只好看的手绕过凶女人朝他挥动，五根修长的手指充满了灵动的味道。那女人撇嘴让开，一个姑娘微笑着出现。她有一双会说话的眼睛，笑起来也充满了不羁的热情。"我们过去见过，在集会上。"

从未跟女生搭讪过的宋克，哪会应付，唔了半天说："你好。"

"现在写字的不多，毕竟语音录入很方便。"女生伸手拿过日记本，用笔写下一串数字，"既然你这么喜欢写，那你就手动添加我为联系人吧，我很喜欢你的未来农业构想。"

"谢谢。"宋克看着笔记本，一行数字下方还有两个筋骨秀丽的汉字——孙怡。

翌日早晨，等所有人从醉酒中醒来，眼里已是新世界。为了防御风沙而特意修建的"铁盒子"大厦，以及预留出的开发区。年轻人成群结队地登上货车后厢，货车穿行在宽阔的路面。他们对着街道两旁指指点点，有的人说开一家蛋糕房，有的要开间首饰店。

兄弟会的最高委员会通过腕表安排众人先行整顿，然后召开第一次全体会议。每个兄弟都会作为决议机构的一分子，推动新世界的决策。

一间铁盒子是六人间。虽然年轻人习惯住大房子，但现在彼此为兄弟，也就觉得无所谓。宋克和舒俊被安排在一起。

"来来来，喝一杯，正宗的俄罗斯伏特加。"舒俊爽快地开了一瓶，把兄弟们的牙刷杯倒了个满满当当，"大家赶紧喝，别客气，过不了多久，就有新酿的烈酒。"

面对舒俊的豪爽，就连宋克这样不太合群的人，也跟室友们干杯欢呼。

这时，一个美妙的声音响起，听起来是古老的歌谣。孙怡收起长发，扎了两根小辫，嘴里唱着悠远的歌。如此美丽的女生忽然出现，让男孩们忘记了喝酒，都不由自主地看着她。

歌曲戛然而止，孙怡从背后拿出一只刷牙杯。"一首《莫斯科郊外的晚上》，换一杯酒不亏你吧。"

孙怡的俏皮逗得大家开心，舒俊拿出酒来为她斟满。孙怡的目光扫到宋克。宋克的心猛地一悸，想说什么却没说出来。

腕表上有信息提示，集会将在半个小时后开始。

在那个宽阔的地下集会室，兄弟们戴上鲜红的袖巾，大声高呼着自己的理想——新世界。集会上，最高委员会发起决议，并通过投票，确定了两条纪律：

第一，所有人将完全放弃地球的生活方式和改造方案，按照兄弟会的规划，打造一个与自然和谐相处、恒久存在的新世界。

第二，每个人都有回去的权利，但一旦返航，则永久抹去星球坐标，不可复归。

决议通过后，兄弟会将每人的工作要求发送到各自的腕表里。按照最初的想法，每个人都会承担与自身条件匹配的工作，尽量保证新世界快速建立。

那天，集会充斥着热情。所有人都对自己的工作充满了期待。在年轻人的世界观里，人生应该燃烧，用来挑战。此刻，他们相信，任何一份职业都能干出新天地。

宋克的职务是适土农作物样本培育工程师，跟预期相同。他本就反感母星的"上帝土壤"。一旦能培育出适土作物，就是为新世界的发展打下重要基石。

"咱们是一样的！"舒俊兴奋地说，"咱俩又可以并肩作战了。"

"一旦新世界成功了，也不枉我反抗我爸。"舒俊搭住宋克的肩膀，自顾自说。

"爸……"宋克本血脉偾张的热情，竟陡然间冷却下来，莫名烦躁。

二

"你赶紧把密匙给我。"宋克把行李丢上飞船，回头来掰父亲紧握的拳头。

"不在我这儿。"父亲一边反驳，一边紧紧握拳，宋克的腕表上显示着飞船连接星球坐标的倒计时。

"你给我拿来！"宋克从未想过苍老的父亲有这么大的力

气，会逼得他使出全力。

只听"哐"的一声，父亲被宋克推倒在木沙发上。

时间刹那静止，宋克退了两步脸色惨白，而父亲攥着的拳头半松开，气喘不止。

"坐标连接只剩三分钟。"腕表上的倒计时，像给宋克注入一针吗啡，他动了起来，然后跪在了父亲面前。

没有不安与忏悔，他小心地掰着父亲的手指……

离家的场景，反复出现在宋克的梦中。

他有意喝醉，但无济于事。往事像炸弹一样埋藏在潜意识里，纵在心里层层设防，也挡不住愧疚的铁蹄。

所以，最近半年，他总是工作得很晚，很少回铁盒子。

那夜，风也静悄悄，惨白的光将地面照得像撒满了盐。某种农作物研究可能有突破，宋克已经连续五天通宵工作。此刻夜里三点，舒俊推门而入。宋克还没来得及打招呼，舒俊便自顾自地启动系统关闭命令。

"你干什么？"宋克正在对比数据，看到系统程序退出，倦意让心中无名火起。

"你都工作五天了。"舒俊陈述事实时，带着不容辩驳的冷意。

"系统，重启数据模型和研究设备。"

"A级权限，后天之前，不允许启动。"舒俊再度锁定系统。

"你拿权限压我？"宋克想抓舒俊的衣领，双腿却感觉虚浮。

"我不知道出了什么事,但你从刚来就不正常。"舒俊的眼神像刀子般割人。

"我在实现理想,我在为建设新世界付出全部,你们这群享乐主义者怎么会懂!"宋克坐在椅子上,与舒俊对视,目光里像有一张铁盾。

"谁都在努力,但没人像你这么神经质。你倒是告诉我,你天天工作,成果在哪里?样品研究突破也是因为我改变了研究思路。"舒俊说的是实话,但却触动了宋克的神经。

"我必须实现理想,只有实现理想才能证明我做的都是对的。"宋克死命挣扎着。

"你有苦就给我说!"舒俊的眼里透着焦急与关切。

兴奋丧失了,宋克一脸的颓唐,像一头战败的雄狮,牙龈里刺进了动物的碎骨。"我可只剩理想了。"

舒俊忍不住想去扶他,只听外面喧闹起来,嘈杂声里有玻璃破碎,喊叫,以及——爆炸声。

安静的夜是众神的舞台,必以火与血祭奠。

宋克和舒俊跑到街道上,只见一个工人模样的男人惊恐地看着所有人,在面对治安维持机器人时,他握着钢条的手开始颤抖。他惊惶地挪动脚步,脚底踩着血泊发出啪嗒声。

哐当的金属颤音响起,男人放弃了抵抗。机器人为他戴上合金手铐。

那个男人看了看躺在血泊里的尸体,刚才的激愤被悔恨替代,没人知道发生了什么,但死去的人,应该是名建筑工程师。

"我没想过会这样，"他尝试着下跪，"我来建设新世界，是要规划宏伟的蓝图，而不是每天搬钢材……"

这样的情况，宋克并非没有预见。新世界的工作分配，都是按照填写的职位志愿以及智能测评的结果综合考量的。虽然一个优质的数学模型，能够给出物理意义上的理性判断，但复杂的心理因素，却没法作为变量引入。

人类一直是"不患贫而患不均"的动物。

宋克想着那句悔恨的自白，但悔恨的到底是错手杀人，还是后悔来到这里？宋克感到一阵心悸，而舒俊则说："你想不到会这样吧，你太少回宿舍了。"

"你们太吵了。"宋克从舒俊的兜里拿了一支烟。

"那是以前，现在宿舍里并不愉快。"舒俊也抽出一支烟，"他们有几个一直在跟兄弟会交涉，希望能换个工作。"

"太辛苦了吗？"宋克想着另外几个整日寻欢作乐的公子哥儿，应该受不了做建筑工人的委屈。

"没地位。"舒俊拍了拍宋克的肩膀，朝酒馆的方向走去，人造光把他的背影拉得老长，"不是每个人都带着足够的知识来到这里，但肯定带够了野心。"

宋克将目光投向凄冷而荒凉的远方。深陷的眼眸里，新世界在沙漠中孤零零地哭泣。他将烟蒂踩熄，孤影孑立。

三

他掰开父亲的拳头，虔诚而小心翼翼，但眼眸里却写满了狂热与罪恶。

那个飞船的启动密匙将指引他通往新世界。

纵然父亲已无力反驳，甚至，无力呼吸。

终于，掰开了……

第二天早晨，所有人都收到了兄弟会的处理结果。在这个所有人管所有人的世界里，兄弟会更像臣民。

宋克艰难地睁开眼睛，从实验室的折叠床上爬起来。他很好奇兄弟会将怎么处置这个罪犯。死刑早已绝迹多年，还有什么办法能让人类重新敬畏生命？

"什么？"当宋克确认自己不是睡糊涂后，他感到不可思议，"发配原岗，继续工作？"

杀了人之后，难道只被要求继续工作？兄弟会给出的理由也非常简单，现在劳动力严重不足，惩罚办法只有强制劳动，维持生产力而已。

"看消息了吗？"舒俊的全息通信跳了出来，"现在不少兄弟已经炸开了锅。"

"都觉得判决不合理吗?"宋克如此判断。

"他们是觉得工作制度不合理。"舒俊将镜头移至一群狂热的年轻人身上,他们聚在兄弟会的门前,喝着所剩不多的啤酒,大声喊着口号,"他们认为目前的工作制度是不科学的,是不合理的工作安排导致了谋杀事件。只有尊重个人意愿选择工作,才能推动新世界的建设。他们要求解除对犯人的处罚,他们把这称作'钢条主义'。"

那根染血的钢条化作阿基鲁斯枪,刺进新世界的腰腹。

遵循天性才能建设新世界?

他想到自己那张自私的脸,那张仿佛不属于自己的脸,见证了自己建设新世界的原罪。

这时,他吃惊地发现,一个娇小而迷人的身影出现在人群中。兄弟会的袖巾已经被加工成鲜红的头巾,充斥着热血与激烈。

"孙怡。"那个俏皮而带有坏笑的女孩,成了钢条主义者的先驱。两根小辫儿不见了,一头短发,让她英姿飒爽。

宋克已经听不进舒俊的话,他已经隐约感到新世界将要被卷入沙暴中……

一切是那样的始料未及,就像他掰开父亲拳头时,一记无力却沉痛的耳光朝他扇过来。

集会持续到第七天,所有对工作不满的年轻人都聚集在兄弟会的门外。而宋克这些人也赋闲下来,没有基础设施支撑,他们干不了任何事。

其实从建设开始后，除了一些基础工业建成外，许多研究项目都停滞下来。这个布满黄沙的星球，除了地热外，与地球并没有相似之处。虽然机器能帮助翻土，但农产品除了人工培养外，根本无法量产。并且，没人愿意当精耕细作的农民。

甚至由于风沙天气，让防沙系统的执行和维护的成本变得极高。最开始洁净的街道，在无人打扫后，更是布满了黄沙，看起来像是被放逐的城市。众人想要实现的梦想，就像洒出的一汪热血般，迅速被黄沙覆盖。

终于，兄弟会妥协了。

解决办法是，由于目前的岗位需求都经过了量化，一个不能少。所以，只能采取一对一交换的方式，彼此之间相互调换工作职能。

这宛如调节幼儿矛盾的办法，让钢条主义者产生了极大的热情。他们毫无责任感地放下手里的工作，开始四处交换工作。

农业培育部门的情况尤为严重，每天都有数不清的人跟宋克谈换工作的事儿。宋克看着大棚里无人照顾的农作物，神色沉重。机器人可干不了精耕细作的活儿。

他抱着未来农业的梦想来到这里，但发现艰难的不只是环境，还有人心。他觉得自己离梦想越来越远，而用工作麻痹自己，也愈发无用。

夜里，他戴着防沙口罩，离开实验室，漫无目的地走在街道上。周遭的一切让他焦躁，头痛的隐疾也更加严重。过去井井有条的街道，兄弟们日出而作日落而息，像极了桃花源。但现在，他们放弃了建设，消耗着不多的储备，像腐朽的罗马贵族一样堕落，如同乡下的包法利夫人以为自己属于巴黎。

道路两旁有烂醉的年轻人，他们胡子拉碴，手里拿着空酒瓶。这些酒很劣质，因为农产品质量下降得厉害。有的男女抱在一起，朴素大方的服装被他们穿得性感而暴露。但宋克看不到美感，只有物欲。

你们到底想做什么呢？你们到底能做什么呢？你们自己也不知道吧。

我呢？看到这些，我又能做什么呢？难道能像掰开父亲的拳头一样，掰开他们的拳头吗？

无休无止的责问让宋克产生了巨大的心理负担，精神被推到万丈悬崖前，只待将自己交付给撕裂一切的引力潮汐。

好难受。分裂的宋克几次打不燃火机，香烟掉在地上，被风吹走。

还得用那东西，不然会死的。

四

那些日子，每个清晨看上去都是旧的。

"你们想做就做吧。"宋克看着那一张张自得而愚蠢的脸,"我只能跟一个人换,你们商量吧。"

宋克躲到培育室里,看到舒俊没了往日的激情。他的头发杂乱,看上去很油。最近舒俊也深受其害,麻烦越来越多。连他心爱的酒馆也不敢去,整天跟他窝在培养室里。最让他受打击的是,他的研究项目被停了——在突破的前一刻。

钢条主义者到处找人换工作,兄弟会只能暂停项目,安排人员去处理应急事务,维持社会运转。舒俊平日里表现得大大咧咧,但极看重自己的农业项目。一旦成功,可以减轻百分之二十的粮食压力。

舒俊的十指插在油腻腻的发丛中,默默抓住,用力的样子像要把头皮拔起来。血丝如荆棘把他的眼球裹住,勒出道道血痕。

"我……有点支持不下去了。"宋克听出舒俊这话里有怯懦,但谁又不怯懦呢?无数人放弃了自己的工作,沉醉在颓废的酒精里,坐等"钢条"取代自己的位置。当然,不是没有人反抗,但反抗者都被疯狂吓退了。

"遵循天性选择工作"已成为了建设路线。

宋克从兜里把一张插入式芯片放到舒俊的手里。

"这是什么?"舒俊夹着芯片,好奇地问。

"记忆截留器。"

"什么?"

"一个程序,跟母星上堕落小青年用的电子兴奋剂差不多。"宋克夺过来，插入腕表，"它能帮助你做决定，但忽略掉思维过程。"

"做决定？忽略掉思维过程？难道是只保留思维结果，但抹去做决定的逻辑链？"舒俊虽然知道宋克编程方面很强势，但没想到厉害到这份儿上。

"差不多，其实算法不难，主要是用代码区分过程和结果。"

舒俊继续问："你给我干什么？"

宋克意味深长地拍了拍舒俊的肩膀。"实在难受了，就用用。"说完便朝着后门走去。

舒俊打开了神经程序，面对舒俊的背影问："你用过了吗？"

"刚才。"宋克闻声驻足，转头看着舒俊。

蓦然间，舒俊仿佛意识到宋克忘却了什么，就在刚才那一瞬间，宋克老了一些，整个人变得有些空洞，仿佛每个毛孔里都散发着虚无。

"你忘了什么？"舒俊问得小心，像害怕打烂青花瓷的学徒。

"不知道，"宋克摇摇头，像一棵垂老的树，"我只知道我要做什么。"

舒俊无言，因为他不知宋克的工作服何时工整地躺在工作台上，像穷苦的父母狠着心把婴儿放在财主的门前。

自那日，宋克放弃工作后，便整日躺在宿舍里。但室友并

193

不友善，不少是换了工作的钢条主义者，胜利后还不忘对着宋克冷嘲热讽。

"某人不就是学了点儿技术吗？至于整天矫情。"

"对，还得我们研究，养活这种人。"

"兄弟会就该制定法律——不工作者不得食。"

宋克每天见他们趾高气扬地回来，嘴里冷嘲热讽，本是满腹的怒火。但每当忍无可忍时，他都会用记忆截流程序，让自己做出忍气吞声的决定，并抹掉心里的郁闷。

这个程序虽不是永久删除，但暂时的记忆抑制，不伤大脑。

重要的是，可重复使用，一直有效。

行为可以被决定，并借遗忘安抚内心。但离去的回忆，却无法抹去。

单纯的记忆是程序无法判定的。若将模糊的记忆设置为抹除对象，如同让程序相信空值等于任意值——结果连上帝也无法预测。

不幸的是，颓废与迷惘的生活，一次次撩拨着梦境，刺激着宋克，让他千疮百孔，如行尸走肉。这些日子，他的眼睛越发酸涩，像有泪水蠢动。

更让他感到烦躁的是，兄弟会时常发来讯息，希望他作为顾问去帮助开展研究。最初他会冷笑，但现在只是麻木不语。这些钢条主义者，只会死缠烂打地坐拥风光，真要研究绝不可能。但他现在去干什么呢？他现在不过是二十多岁的年轻人，忍辱负重，为他人赚取名利，即使彼此称呼兄弟，也做不到。

在这场漠视理性崇尚自由的混乱里，他意识到，所有人，都不像他们说的那么伟大。

建设新世界？这他妈就是个笑话。

父亲已经无力反抗，宋克的眼睛里只有远去的门匙。

他扳手指时小心翼翼，但并非是在意父亲的痛楚，只是害怕弄坏了飞船的密匙。

一根，两根，四根，勉力支撑的大拇指已经挡不住宋克的疯狂。

宋克停了下来，他意识到什么，缩回了手，未取分毫。

因为，拳中分毫皆无。

他被骗了。

他盯着父亲空荡荡的掌心，抽颤着的拳头，那手腕上的青筋，似勇斗后的毒蛇渐渐消失无踪影。

不知该说什么，他感到父亲离自己好远，比新世界还要远。整个身心都快被这罪恶的土壤吞噬，他知道这片邪恶的土地终于活了起来，展露出狰狞的面孔，要将自己熔成铁汁，然后浇上冷水，成为根植于土地的受难者雕像。

就在他陷入到无穷无尽的毁灭幻觉中时，一巴掌抽到他的脸上。

痛觉让他清醒。

只见母亲满脸泪痕站在他面前，脸上写满了愤怒。但她手里的密匙更能引起宋克注意。可现在他失掉了精神,刚才的疯狂把冲动烧了个精光。

"拿去。"母亲一把将密匙塞到宋克的手里,"虽然我们不相爱,可好歹是一家人。"

宋克愣了一下,那一刻,他觉得家有了烟火气。

像极了多年前为柴米油盐奔波的地球人。

宋克转身要走,留下已无意义。

"走了,"母亲轻抚着父亲的后背,帮父亲顺顺气,说了最后一句,"就别回来。"

父亲无力地挡开母亲的手,摇摇头,朝着后院走去。他的背弯了,白发多了一些。虽然身体还算强壮,但行走时像骷髅般费劲。他撑着自己坐上摇椅。

那天阳光特别好,母星的模拟光线给人一种真实的暖意。

他摊开报纸,看着不知多少年前的新闻。

"都是命。"宋克漏掉最后一句,"大哥定的命……"

五

一场混乱的结束,常意味着下一场疯狂的开始。

那些钢条主义者占据所有的光鲜后,带来的便是新世界的阴霾。如今，不光是项目集体停滞，就连基础设施也停转——新世界几乎瘫痪。

兄弟委员会开始了长久的讨论。当然，这样的讨论已经少不了钢条主义者的参与。他们拿着劣质的酒精，抖着手里的计划，吵闹个不休。

可蠢货找不到出路是毋庸置疑的。

"我们急需专业人才接手项目，而基础设施绝对不能停。我们的机器人还没有智能到能完全脱离控制，为人类服务的程度。"委员会的主席，被所有人称为"大哥"的男人，是一个极具个人魅力的领袖，他本该指导新世界的建设，但魅力在疯狂的逻辑面前，显得毫无意义。

"没有所谓的专业。母星早已取消大学制度。所谓的专业只是自学的程度，你们没有办法量化这个标准。"孙怡的青春与可爱，已经被权欲所占据。头上的那块红布，已经遮蔽了她的双眼。

"虽然之前的研究也并不顺利，但各方面都在推进。可你们交换工作之后，别说推进。我们就快连16世纪的生活水平都难以维持。"主席的眼神里透着焦虑，年轻的他努力控制语调，发挥着语言理性的那部分力量。

"这是因为你们的调度和执行力太差。连几个顾问也找不来，也好意思说是我们的错？"那个无罪释放的青年，已经被奉为先驱，无脑叫嚣着自以为是的真理。

"你们遵从的自由天性，已被写入兄弟会的执行原则里。"

主席舔了舔干燥的嘴唇,"来与不来事关自由天性。"

谈判陷入了僵局。

最后,钢条者不得不让步。但让步是如此吝啬,以至于新方案,不过是进一步的荒谬而已。

所有人实行轮岗制度。每个人在同一领域的职位里进行着轮岗,每满一个月就要交换工作。不论工作是基础还是学术。

宋克总算起了床。当他走出铁盒子,只觉得外面的空气也变得如床褥般难闻。

"你今天领着几个机器人去耕地。"来到实验室,一个钢条主义者对他吆喝。

"耕地?"宋克看着一旁的机器人,储物栏里装着小麦幼苗,"这些还在试验阶段,连数据模拟都通不过,还不能试种。"

"电脑不可信。母星就是太相信数据和智能,才会落得养老的地步。我们要有回到本初的决心才能出成果。"那人努力表现得自己很专业。

"这些试种水稻,必须时刻监督,机器人做不到我们要的精度,一锄头下去可能就废掉了。"宋克耐着性子说,"你有种植计划吗?"

"你跩什么跩!"那人把手里的文件一拍,极力地挽回尊严,"机器人不行,就自己去种。"说着把锄头和水盆扔到了宋克的面前,发出噼里啪啦的声响。

宋克启动了记忆程序，然后拿起锄头，朝着试验田走去。

只见，舒俊已经坐在大棚地里抽烟。

"你也用了？"宋克拍了拍舒俊的肩膀。

"不然呢？"舒俊递给宋克一支烟，反问一句。

他们两兄弟对视着笑了一下，拿起锄头开始干活儿。但不到一个小时，手腕和腰已经受不了。

"原始人的活儿真不是谁都干得了的。"宋克拄着锄头休息。

"还不赶紧干活儿！"那人走出来骂了一句。

"宋克，"舒俊叫住好友，看上去有些尴尬，"我把那个程序传到网络上去了。"

宋克的烟灰掉了半截，然后笑了笑："没什么，又不是我写的。"

"不是你写的？"舒俊早该想到的，"主要是太多人都受不了了。"

"疯狂的越疯狂，逃避的越逃避。"宋克冷笑一声，像在笑自己，"各得其所，挺好。"

各得其所？不过是"理性"猥琐地向"疯狂"让出王座。

轮岗制度进行了一个月，记忆截留软件已经流传得越发汹涌。钢条主义者也用上了，他们屏蔽掉良心的自责和羞愧，发誓要将奴役进行到底。而更多的人，则放弃掉建设新世界的不甘，面对工作"不动如山"，聚集在寝室和酒馆里，放纵身心。

宋克和舒俊也不例外。

直到某天，酒馆发生了暴动。

六

那是在一个沙尘暴肆虐的夜里，钢条主义者冲到酒馆里抢人。他们说自己需要劳动力，而更多的人则冷笑。直到矛盾不可调和，所有人都启动了记忆程序，将对生命的尊敬抛在了脑后，决定施展暴力让对方卑躬屈膝。

那晚，死了很多人。小酒馆的暴乱蔓延到城里，压抑的生活让所有人不顾一切去拼命。

喧嚣在城里绵延不绝，热血演变成了狗血。

宋克待在房间里，看着全息投影上的暴乱直播，从震惊，到漠然，到冷笑，到听着吵闹入睡。然后他窝在被窝里，写了一句什么，那是他最后一次写字。

那晚，他没有做梦。

一切的意料之外，在潜意识里变成情理之中。

第二天，他走在街上，风沙已过，四处残兵败将，不少地方还在继续着巷战。他们拿着原始的武器，想把对方的脑袋敲破。

此刻，宋克感觉自己站在巨大的废墟里，新世界早已遥不可及。

这场暴乱持续了三天。

三天里，主席大哥一次又一次地呼吁，希望大家冷静下来，回归理性。事实证明钢条主义无法指导建设，希望大家重拾信心，回到各自的岗位，将新世界拉回正轨。

可大哥的苦口婆心已无意义，绝望在血与火中开出了鲜艳的花。

但三天后，一切都无可逃避地走向崩溃与解体。

几年前，这些意气风发的年轻人，彼此互道兄弟，唱着凯歌，想要在这里建立一片乐土。如今，他们背着大包小包的行李，站在多少年不用的铁道边，等待着前往航空港的列车。

曾几何时，他们都以为自己不会回去。

"要走吗？"舒俊一边打包行李，一边问宋克。

"我不走了，留下来的没几个，物资应该够。"宋克勉强地笑了笑，几次想点香烟，都失败了。

"你是不是用了程序？"舒俊没有回头，但语调有些颤抖。

"嗯。"宋克点着了烟，但没有抽，"刚来就用了。"

"为了新世界，值得做到这份儿上吗？"

"放在几年前，你会吗？"宋克反问一句，舒俊没做声。

两相沉默时，宋克想了很多。他离开时做错了，但他不想怯懦，他放下了不舍，决定新世界建设成之前，决不回家。

他想方设法证明一些东西。毕竟，回去又能怎样？无非作为失败者面对过去的自己，彼此厌恶。

宋克送舒俊时，看到一个女子蒙着面，好似故意避开人群向火车靠近。但风有意将面纱撩开，那人是孙怡。但青春早被权欲碾压，脸上的伤痕也彻底摧垮了她的自信。

这条伤疤是暴乱给她的礼物，张牙舞爪的裂纹，像一头凶猛的蜥蜴占据她的脸庞。

她慌忙整理面纱时，看到了宋克。虽然多年未曾相见，但此刻黄沙迷漫，顿生一股人生的况味。宋克想打招呼，却说不出口。虽然这些年，她像斗士一般追求自由，但幼稚与愚蠢的气质，早已贴在了她的身上。

这时，天空上突然出现一个黑影。

所有人齐刷刷地向上看去，一架硕大无比的飞船盘旋在城镇的上空——这是委员会乘坐的主舰。

"你们现在想走了吗？"飞船上释放出强制通信信号，所有人的全息图被弹开。

大哥那成熟的领袖气质，变得阴郁而桀骜。

"你们之前为什么不走？毁掉了一切便要拍拍屁股走人吗？"一连两个问句，让人心头一颤，有些女孩的眼中泪水已在颤动。

"为了你们的离开，我给你们准备了礼物。"大哥笑着，眼里露着凶光，"请看航空港方向。"

一声巨响，让人们看向了航空港。

一场绚烂的金属烟花，在白日里凭空绽放，如火肆虐。

"你们所有人都回不去，回不去了！"伴随着爆炸声，他疯狂地笑着，桀骜地笑着。笑声里仿佛有巨大的深渊，能让所有人万劫不复，终生遭戮。

飞船猛地加速，消失在遥远的天际。

人群爆发出绝望的呼喊，他们回不去了，他们的理想彻底破灭了。他们冲向兄弟会的六边形大楼里，想要找兄弟会的工作人员。但早人去楼空，他们除了对着空无一人的办公室和机器发泄，什么也做不了。

不少人把袖章裹在拳上，不顾剧痛地砸向电脑。

一拳一拳，直到血肉模糊……

七

"按照兄弟会的规划，新世界根本实现不了。"几个月之后，宋克看着公布出来的秘密文件，啃着所剩不多的面包，一边对舒俊说。

"原来，失败从刚开始就注定了。"舒俊喝了一口兑水的酒精。

"这场豪赌真是输得干净，输了一代人的命运。"宋克最近又开始做梦，相对于过去的混乱，如今还算过得去。他继续研究农作物的种植，虽然越研究越悲观，但总好过无事可做。

"接下来怎么办？"宋克问了毫无意义的问题。

"还能怎么办？混着呗，省点力气，或许还能多活几天。"舒俊的神色颓废，"看目前的物资储存量，所有人的生命都在倒计时。"

这几个月，从愤怒到迷茫，到口中的反抗，到集体沉默，大量的年轻人沉醉到酒精里。

"就算那些机器有足够的能源，也没人想去指挥生产吧。"舒俊用手洗了一把脸，满手都沾着面油，"这么下贱的工作。何况大部分能源都被委员会带走了。"

"很羡慕？"宋克忽然冷笑着盯着舒俊。

"羡慕什么？"舒俊没懂宋克的意思。

"羡慕他们回地球养老。地球的机器可不需要这些传统的能源。"宋克笑着说出这话，但心里已咬牙切齿起来。

"你不羡慕吗？"舒俊冷笑着，目光放在面前的酒精里，"懦弱的养老和热血的等死，你会怎么选？"

舒俊说这话时，嘈杂的酒馆仿佛安静了下来。宋克盯着舒俊的双眼，热血不在，连时间是否流逝也没了意义。

直到，舒俊勉强避开宋克空洞的眼神，用力摸了一个女人的屁股。

"你他妈干什么？"粗厚的声音，让宋克认出这是多年前的那个凶女生，现在她更加粗糙，牙齿泛黄，就连滚圆的屁股也松弛了下去。

我们同理想提前衰老了。宋克这样想。

"都准备等死了,你他妈装什么装,换到过去,我他妈还稀罕……"舒俊话还没说完,酒瓶子在他的脑门上碎成了几瓣,像凋零的花。

"傻逼。"那女人啐了一口,"老娘现在最贵。"

宋克和舒俊都愣住了,刹那后,舒俊笑了起来,一边笑一边毫不在意地吞吃着鼻涕眼泪,然后拿起两个酒瓶对着自己脑门猛砸,满地沾血的玻璃片像是樱花。

宋克支撑着舒俊,仿佛刚才那两下让舒俊醉得更厉害。

"傻逼。"女人点了根烟,自顾自地走了,凶恶的神情忽然变得落寞。

宋克安顿好舒俊,回到家里,点了一支劣质无比的香烟,淡淡地抽了一口。

他的脸埋进了手掌里。

叹了整晚的气。

八

大饥荒持续了近四个月。

食物转化器不再运转,就连最劣质的黑面包也没了。这片满是黄沙的土地上，根本支撑不起人类的需求。

宋克作为研究人员，享受单独供应饮食，不过还是吃不饱。但跟完全没吃的，熬不过去的人比起来，简直要好太多。

到最后，连宋克这种研究人员都被放弃了，希望彻底破灭。

不知何时开始，连基本的供暖也停止了。这个星球的冬天太难熬。他只能去捡一些煤球，然后窝在破旧发酸的被褥里，垂垂等死。

他翻开许久未写字的笔记本，一页页看过去，想到过去，想到曾经，那样的坚定，那样的意气，如今看来全是傻气。直到最后一页，他忽然觉得世界正常了。那是他写的一句诗——渴望栽种白昼的人，须先在长夜里住满一生。[1]

想起现在，觉得讽刺不已。

就在困顿许久，死了很多人后，一条陌生的信息响了起来。

"我愿意把粮食与你分享，但请你别杀我。"这条信息下还有一个选择，是或者否。宋克选择了是，一个地址放到了邮箱里。

就在城镇的主干道上。

那里会有粮食？宋克几乎不抱希望，但总比等死好。

他哆哆嗦嗦出了门，却发现，收到信息的不止他一人，许

---

[1] 摘自当代诗人楚瓷的诗。

多人都面带土色地走了出来,像一只只发现新鲜血肉的丧尸。

就在所有人走向主干道时,一个瘦削的眼镜男,扶着一位气喘吁吁的女孩,站在中间。

"粮食在哪儿?"一个干枯的女人抢先问出了这句话。

"我知道最终瞒不过你们,你们一定会不齿,但我必须救我的妻子。"眼镜男没有直接回答,而是紧紧握着妻子的手,"她太虚弱,需要粮食。"

"我们没有粮食!"人群骚动起来。

"希望你们遵守约定。"眼镜男自顾自地说了一句。

只见他从裤袋里掏出一台小型机器,然后往机器里塞入了一枚种子。

宋克忽然明白他要干什么,但更多人不知道母星的养老初期历史,他们没有见过这种装置。

这种装置,构成了母星堕落的土地。

只见眼镜男把装置插到地里,几秒之后,一根黄灿灿的麦穗长了出来。众人皆惊呼神技,但宋克知道一切都在崩溃。

这一株黄灿灿的麦穗动了一下,几十个微型机械猛地破壳而出。它们再次长出麦穗,然后破壳而出。周而复始,仅仅半个小时后之后,城镇已经被这种机械覆盖了一遍。

终于,有人认出来了。

这是纳米机械土,让人类堕落、让地球走向灭亡的土壤。

它是让母星变成一颗养老星球的罪魁祸首,是由不计其数的纳米机械构成的"土壤",全名为"行星环境改造型自我增殖式纳米机械"。此纳米机械对环境的适应能力极强，在任何人类生存的环境里，都能正常运作。正如其名，纳米机械一旦被植入行星的地表，便会自我增殖，并在人类的控制下方便地改造行星环境。

这是上帝的土壤？

实际上，这只是撒旦的土壤。

环境的改造不可能没有代价。每一台纳米机械都仿佛是一座微型的化工厂，它们汲取着行星的水分、有机质乃至大气，合成着环境改造需要的物质；它们深入地心，采集地热甚至地核深处的核裂变元素，为环境改造提供能源。它能够在短短数月内再现人类文明几千年的奇迹，但与此同时也将文明发展带来的问题一口气积累下来。它确实能在短时间内将行星的环境改造得适宜人类生存，但方法却是涸泽而渔、杀鸡取卵。地球会渐渐变成个被掏空内核的腐烂苹果。

一个发臭的烂苹果。

并且，"苹果"完全腐烂的时间，大约是"两代人"。

接着，眼镜男撒了一把实验小麦的种子，这些土壤像活的一般，开始将种子吸入土壤，然后散发出红色的光芒——已启动加速成熟系统。

不多时，一株株小麦产生了，只在旦夕之间，一片麦田在黄沙的星球上飘动。

饥饿的人们知道发生了什么，也知道这意味着什么。但没人会拒绝，因为没人会放弃食物。

所有人都受够了饥饿。

可所有的努力,都在这一刻分崩离析。理想在食物面前还不如烂泥。但他们要食物,同样要心安理得。

于是,一个虚弱却高大的男人,穿过麦田,踩着虚浮的脚步朝眼镜男走去。

他什么也没说,一拳把男人打倒。

"叛徒,"一个声音在人群里爆发开来,"我们要没收叛徒的粮食。"

"没收叛徒的粮食!"

"叛徒的粮食!"

"我救了你们……"男人的妻子拦在所有人的面前,想要辩驳,但却被打倒,再也站不起来。

那一刻,宋克看他们像极了自己的父母。

九

"听说他是把纳米培养器放在体内带过来的。"舒俊已成了移民局的一员,一边继续探测宜居星球,一边负责新世界的规划工作。

谁都明白,所谓的移民局,不过是巨大而臃肿的居委会罢了。

新世界的规划方式跟地球母星没有太大区别，一颗黄沙的星球，变成一颗中产阶级星，房子、车子、游泳池，安逸的工作。

除了没有别的生灵，人类一切都有了，就像他们父辈一样。

"别说这些了。"舒俊把宋克带到一间独栋别墅里，看上去很像宋克在地球的家，"这是你的生活区，工作已经安排好，按时到岗就行。"

"舒俊，"宋克觉得好累，"一定得住进去吗？"

"你看多好啊，干吗不呢？"舒俊笑着说，有些勉强。宋克当然知道舒俊也不好受，可谁又能拒绝一颗星球为自己养老呢？在洒遍热血之后……

宋克在老旧的铁盒子里枯坐了一晚，最后一次启动了记忆程序。

抹除对象：离开时的记忆、建设的初心、努力后的不甘、接受现状的怯懦。

确认决定：开始养老。

设置完毕。

最近，五十三岁的宋克遇到了一件麻烦事儿。

在所有人都忘了移民局的主要职能时。该死的移民局竟真的发现了一颗宜居星球。那颗星球的土地板结，但一套新的开发理论应运而生，给了人们改造土地的希望。

但宋克等中老年人试图回避这个话题，他们真心觉得在这里过得挺好。

可他们的孩子不这么想，他们要离开这个美丽的新世界，开发遥远的星球。

谁都不想让自己的孩子觉得父辈是失败者，而且还是庞大的失败者集合体。因此他们并未说出过去，宁可将这里当作最初的母星，延续父辈们怯懦的血脉，继续活着。

最后，他偷了飞船的密匙，想要强迫孩子留下来。但孩子动手打了他。这一幕似曾相识，身体的疼痛，远远比不上内心的震动。

这一幕到底在哪里发生过？

他不记得了，只记得孩子离去的背影，像极了自己。

年轻时的自己。

可自己年轻过吗？

难道不是刚长大便老去了吗？

始？终？

看着儿子的飞船渐渐远去后，宋克拨通了老友的电话。

"你儿子抢到飞船密匙了吗?"舒俊朝宋克发来信息。

"抢到了。"宋克略有担心,"你们移民局安排的那个兄弟会主席演技过关吗?"

"放心,专业的。不真点儿,哪有办法让他们乖乖养老。"舒俊这话说得平静,俨然一份工作而已,"我把记忆截留程序也悄悄弄到我儿子的信息库里了。"

"嗯,年轻人,洒洒热血,就知道养老的好了。"宋克拿起报纸,看着不知多少年前的新闻,喃喃自语。

"这就是命。"

归途

唐满早晨醒来时，用双手撑起自己的身体，昏沉的脑子里只有一个念头：家里进贼了。

唐满住在一间破旧的出租屋里，老小区的潮气重，房内的墙皮有不少已经脱落。而自从相恋八年的女友离开后，他的这方斗室可以用家徒四壁来形容。

虽然没有任何值钱之物值得小偷光顾，可他确信有人偷走了自己的梦。

从幼时开始，他就发现自己跟别人不一样。大多数人做梦后都会忘记。可唐满不仅记得自己做过的每一个梦，而且知道自己在梦中，甚至可以打断梦境醒来喝口水，然后倒头接着做梦。

没想到的是，梦境成了他如今的痛苦之源。为了忘记女友和自己的愚蠢，他丢掉了女友的一切物品，抹去了她留下的所有痕迹。可没想到的是，最深的痕迹还在他的心里。他每天晚上都会梦见她，那些连续的梦境像极了一个平行宇宙，他们在那个世界里，更加深爱着憎恨着彼此。

可是，从前天开始，他忽然不记得自己的梦境了。他本应觉得轻松，却心神不宁地上了一天班，甚至把对同事的吐槽发到了公司大群里去，经历了人生中最彻底的社死。他自我安慰这只是意外，可昨天晚上的梦又消失了。

就仿佛……她真的从自己的生命里消失了。

可他不相信世间有如此巧合的事情，他一定要捉住那个小偷。

当晚，他梦回最后那夜。他下班回家，发现女朋友正在收拾私人物品。那种想留说不出口，如鲠在喉的感觉又回来了。女朋友从床头柜上拿起那盏绘有无名瀑布的台灯，他一把夺过来，嘴里却没吐出一个字。

"你是想打我对吗？"女友冷冷地说，眼眸里覆盖着冰霜。

"在一起八年了，我什么时候打过你？"只有辩驳时，他才能吐出几个字。

女友放弃了那盏灯，拉上行李箱的拉链。"你怎么不去死？"

她是不会让我去死的，哪怕盛怒之下。梦境的失真让唐满本能地有些抽离，可就在这时，他忽然听见轻轻吮吸的声音，仿佛就来自自己的头顶……

只见，一双绿油油的眼睛正盯着他，唐满猛地一激灵，连忙伸手把那怪东西拍得远远的。他摁开了手边的台灯，光芒透过瀑布让房间微微亮。

那只毛茸茸的小东西缩在墙角瑟瑟发抖，半点求生意志也无。

借着台灯的光，他发现那生物宛若一只小型食蚁兽，长长的嘴巴非常惹眼。它像是无比惧怕人类，唐满每靠近一点，都会吓得它一哆嗦。就在唐满拿拖鞋小心翼翼戳了戳它时，它那双绿眼睛忽然泛起红光，一闪一闪像是警报。只见，一道蓝光从它体内射出，转眼覆盖整间屋子，像是黏在了墙壁上。

唐满见状赶紧夺路而逃，可当他去抓房门把手时，那光已经化为了屏障，将他锁在了房间里。

这是怎么回事？唐满还没搞清楚状况，就发现房中多出一道金属门，而有人径直推门而入。

"不好意思，扰你好梦了。"那人长着俊秀的五官，身穿一件奇怪的长袍，仿佛是一道覆盖在身体上的瀑布，有着微妙的律动感。

"我天……你……"唐满惊讶得说不出话来。

"你所在的文明有自报家门的习惯，那我也入乡随俗好了。"那人自顾自地说起话来，"我是来自平行宇宙的研究员，你可以叫我阿尔法，我负责研究你们这个奇怪的宇宙。"

"你在说什么呀，这真不是综艺节目？"

"现在你的房间确实像个棚。就在刚才，我已经将你的房间传送至我的实验室，并在每一个普朗克尺度上进行观测。"

就在这时，那只小东西发出嘤嘤呼喊，然后朝阿尔法飞扑过去。

"小心。"唐满下意识地提醒对方，却见那小型食蚁兽在那人怀里撒着娇。

听闻唐满的喊声，阿尔法几不可见地挑了一下眉毛。"没想到你还挺好心。不过食梦貘很温顺，底层设计让它不具备攻击性。"

"食梦貘？那个传说中的妖怪？"唐满之前玩过《阴阳师》，对这个名字很是熟悉。

"食梦貘是我给梦境提取装置取的名字。入乡随俗嘛。"

"那你为什么会出现在我的房间里,还让这东西趴在我的头上?"见对方没有恶意,唐满的胆子也大了起来。

"因为只剩你我所在的平行宇宙了。"对方露出一个无可奈何的笑容,挠了挠食梦貘的下巴,"而我所在的宇宙也快走到尽头。"

"我们监控了所有的平行宇宙,明明我们始于同一次大爆炸,但只有你们还在继续生长,其余的文明都悉数消亡了。仿佛从源头开始,你们就注定走上不同的道路。

"可当我研究了你们的宇宙史,我发现最大的区别竟然是你们会做梦。"

"做梦?"唐满从没想过做梦有什么特殊之处。

"你们太善于掩饰了,掩饰自己的心情,掩饰自己的意图,掩饰自己的肮脏和善良,但你们会将真实的想法投射到梦中。

"你们的梦境是一个巨大的黑箱,只要理解它,就能理解你们的本质,或许就能拯救我所在的宇宙。正因如此,食梦貘会以量子态的形式,出现在每个梦中人的身边,吸收梦境进行破译。"

"这——"唐满还未来得及咂舌,只听食梦貘忽然发出一阵长鸣,长长的嘴巴里伸出了两根金属触角。

"竟然已经完成了?!"阿尔法兴奋地说,那瀑布般的长袍也流淌得更加猛烈,他看向唐满,"难得有缘,要不要共同见证?"

"见证什么?"唐满话音刚落,那食梦貘的触角就刺进了他的后脑。

"见证人类文明的真相。"

叮叮叮。

当唐满再度醒来时,他发现自己正躺在床上,四周的一切都那么熟悉——阳光依旧照不进来,窗帘散发着淡淡的霉味,瀑布台灯的光依然微弱。

就在这时,房门开了,那张熟悉的脸再度出现在他的面前。女友下了夜班,看起来相当疲惫,尚未洗漱便躺倒在床。

唐满不敢相信眼前的一切,但身体先动了起来,他一把抱住女友,无法克制地热烈亲吻。

可是,女友显然没有这个兴致,一把将他推开,然后说了一句话。

女友说话时,她的舌头竟然像鞭子一样伸了出来,在唐满脖子上留下了一道红印,而那句话正是靠着这记鞭挞才传了过来。"你让开。"

"你!你!"唐满吓得大喊,可他的嘴里竟然也伸出一根鞭子,抽打在女友的脸上,他吓得赶紧捂上嘴。

"我很累你看不出来吗?"女友又抽一鞭,然后蒙上被子睡了过去。

此刻,唐满觉得他们变成了怪物,要靠伤害对方才能让对方听进自己的话。

叮叮叮,闹钟响起了第二次,再不出门上班就要迟到了。

看着女友疲惫的样子,他不忍再说什么,失魂落魄地出了门。

可当他上街后,唐满才惊觉,原来所有人都是如此,一切的对话都要通过鞭挞对方来进行,只有强弱轻重之分而已。哪怕只是看微信上的消息,脸部也会有清晰的刺痛感。

看着周围人惯于忍耐的样子,他小心翼翼地上了一天班。就在准备下班回家时,他看见新来的小姑娘血淋淋地从人事办公室里走了出来,她的心上多了一个窟窿,脸上满是泪痕。

人事大姐跟着走了出来,但止步于门前,看着小姑娘的背影没有多说什么。她握着一柄短小的剑锋,可是没有剑柄,她的血和小姑娘的血混在一起,滴落在光滑的地面上。

小姑娘回到工位上,开始收拾自己的物品,看来是没有过试用期。现在大学生很不好就业,更何况她一个职高的应届生。

她的血就这样流淌着,随着她离开公司滴得到处都是,也不知道这心伤何时可以痊愈。

唐满想赶紧离开这里,于是收拾东西准备走人。可就在这时,老板喊住了他,责令他多久内拿下某个单子。他发现,暴躁的老板心口也有一个洞,也在不停地淌血。

在下班回家的路上,他发现很多人心口都有洞,手里都拿着无柄的剑锋。所有人都时刻准备着攻击和防卫,以伤害自己为代价,将剑锋捅进别人的心窝。他在拥挤的地铁里缩成一团,忍受着浓郁的血腥味,脚踩浓稠的积血,不时发出啪嗒响。

经此一天,他拖着疲惫的身子回到家中,开门就发现女友正在装行李箱。

"你要做什么?"他说得极轻,舌头抽在女友脸上宛若挠痒,可对方并不舒服。

"我们分手吧。"女友强忍着剑锋割破掌心的痛处,将其插进唐满的心。

这句话对他太有杀伤力了,鲜血从心口汩汩而出,即将汇成一条河流,送她远走。

女友收拾完私人物品,提上了那盏瀑布台灯,唐满没有阻拦。女友没看唐满的眼睛,只是低着头说:"请你让让。"

唐满无力地往旁边挪动两步,让开了身子。眼看女友拉开房门,即将离开这个家,他一把抓住女友的手。"我爱你。"

这是他唯一能说的话……过往种种在唐满的脑子里回荡着,自己一个十八线城市走出来的小年轻,遇见了在工厂做事的她,无数的美好瞬间里混入了太多柴米油盐,安全感和信任在日复一日中消磨殆尽。

"我也爱你。"伴随着这声几不可闻的回应,唐满和女友的体内燃起了一团火焰,开始疯狂灼烧他们。

最终,心里的那份爱会把他们烧成灰烬。

"啊!"唐满几乎从床上弹射了起来,阿尔法则若有所思地看着他。

"别人的大脑会过滤掉梦境，但你应该不会。"阿尔法饶有兴味地看着唐满，"感觉如何？"

"这就是所谓的真相？"唐满心绪未平，喘着阵阵粗气。

只见阿尔法摇了摇头。"不……这只是……另一个梦境。跟散落人心里的梦相比，它可能完整一些，但跟真相却毫无关系。"

"那这？"唐满不解地看着阿尔法，只见食梦貘蜷缩在他怀里睡着了。

"我本以为食梦貘破译出的世界，是一个像我们一样直白的世界，可没想到，结果在生成过程中被干预了，出现了异化，这依然是一个充满隐喻的世界。"

"被谁干预了？"

"你们这个世界。"阿尔法沉默下去，斟酌了很久，"应该说，你们这个宇宙就是一台巨大的造梦机。

"直到现在，我终于明白了……它让所有的生命做梦，并且保护这些梦境，它让生命被一个又虚幻又真实的概念牵引着，以此保护宇宙的稳定。"

"这是我们学不了的……"说到这里，阿尔法长长叹了口气，"我的研究结束了。"

听到这里，唐满捕捉到了关键点。"那以后，食梦貘不会再出现了是吗？"

"是的。"阿尔法垂头丧气地回应。

"那就好。"

此刻,唐满的心里没有平行宇宙,没有人类和地球,他只知道偷梦的小偷即将离开,她就要回来了……

画岚

焚　画

"唉……"

一声长叹，积压了浮生半世。

江流缓合双目，沉吟间，信手将烛台推倒。霎时，让他魂牵梦萦数十年的画卷在火中翻舞，消散成烟。这位当朝重臣看着一地残渣，废纸青烟，将那画上之语又反复咀嚼了几遍。凝视这团烈焰，却忆起六岁孩童时……

变　故

凛冬寒风，在边关草原上恣意肆虐，声似狼嚎。

阿姆瘫卧在帐篷的病榻上，嘴里喘着粗气。这寒冬腊月里，口里吐出的白雾让江流将阿姆刻意忍下的不适看得分明。江流刚要走急一些，煮好的药汁溅落在他稚嫩的小手上，立时红肿了起来。

她看着自己的儿子才不过六岁，竟必须负担起照顾她的责任，就心疼得难受。江流小心翼翼地走过来，恭恭敬敬地将药奉上。他虽生在大漠，可这般谦逊有礼的模样真像极了他那已不在人世的父亲。

"阿姆，您喝了药就会好起来。"江流以为阿姆嫌药苦，从怀里掏出几张脆嫩的叶片说，"我给您摘了牛耳草，喝了药含着，嘴里就没苦味儿了。"

"好，好……"阿姆连连点头，心里却想，这冰封似的天，新鲜的草叶儿只有神山上才有，即便是贵族需要，也要叫身强力壮的奴隶结伴去取。不知江流小胳膊小腿儿如何寻来。阿姆看向江流时，他那双缩回袖套里的小手已经被冻得异常肿大，皮肤已经皲裂。冻伤这般严重，脸上却依然挂着一副写着"不让阿姆担心"的笑容。她连忙将药端到旁边放着，心疼地伸手握住江流的手，轻轻呵着气。

"阿姆，我没事儿，您喝药吧，不然一会儿放凉了。"江流抽出小手，又将床边的药端给阿姆，她这才含泪饮下。

可阿姆并不知道，江流独自在神山上艰难攀爬时，没有踩稳悬崖边的石块，差点儿摔死。在千钧一发之际，是一个女子抓住了他的小臂，将他拖回崖上，他这才幸免于难。更为惊奇的是，在把他救起来时，那女子就这么凭空消失了。

江流呆呆地想，这个姐姐一定是神山上的神女。

饮至尽头，或是因为药性太猛，阿姆剧烈地咳嗽起来。一时间前俯后仰，躯体不断挣扎，仿佛鬼差索命，强行将魂魄与这肉体剥离。江流看着阿姆痛苦万分，却没有半点法子，他连按住阿姆的力气都没有，只能拼命伸开双手抱着她。

阿姆的眼睛里已经失去了光，嘴巴痛苦地张开，仿佛灵魂就要从这通道里脱体而出。

"拿来……"

阿姆的身体已经动不了，可江流却能感觉到，她强行压制痛苦时所释放的力量。阿姆喉管里咕噜噜地说着什么，江流松开了双臂，看着浑身僵直的阿姆，还有阿姆那只指向笨重衣柜的手。

"拿出来……"

江流看着那个衣柜，那个阿姆从来不准他碰的衣柜。

"拿出来！"

这里面到底有什么？难道可以救回阿姆的性命？江流翻开衣柜，里面塞满了已经打了无数个补丁的衣服，他将衣物一股脑倒了出来，衣服间滚出一个白色的东西——好似大汗接过的帝君诏书卷轴。不过，这卷轴是白的。

他一把拿起卷轴，并不似布匹的触感，只觉得指尖忽然有了一种熟悉的触感，仿佛存在前世遗留的记忆。

可江流现在来不及多想，急忙把卷轴展示在阿姆的面前。

江流长得还不够高，踮着脚尖才能勉强把卷轴展开，卷轴盖过了他的头顶，他看不见卷轴上到底是什么，但是阿姆的呼吸明显平缓下来。

阿姆接过卷轴放在面前，苍白的脸渐渐有了血色。卷轴似乎真的救回了她的性命！险些失去阿姆的江流见她的模样好了许多，便欣喜异常地恢复了孩童的本性，将阿姆一把抱住，冻得通红的小手死死地抓住阿姆的衣襟，仿佛怕她如同露珠转眼消散，泪水也止不住地流了下来。

"别怕，孩子。别怕。"

江流挂着眼泪，阿姆深知江流被吓坏了，就连她自己也以为这次回不来了。她露出慈爱的笑容，稍稍捋了捋江流杂乱还沾着羊粪的头发。

直到她的气息彻底平稳下来，身体已与往日无异，才将卷轴放在铺上。江流用眼角余光一瞥，心脏狂跳不已。卷轴上是一幅图画，画上有着一轮明月还有皇城千阙。而在宫城中，却有一名长相清俊的男人孤孤单单地为女子作画。

画卷的一边有着不同于草原的文字，江流认不得，倒是看着这个男人，有着说不出的亲近，说不出的熟悉。

而那个女子——那是阿姆！宛若春天的草原，清新无人可及。

"阿姆，阿姆，这是你啊！"江流惊喜不已，用手指着画里的女子大声叫道。

"那是当年了。"阿姆笑了，"现在老了，丑了。"

"阿姆最漂亮，全草原的女人都比不过阿姆。"江流这倒是说的实话，阿姆虽然日夜操劳，但是五官之美，仍然不是一般草原的女人能比的。

"你最乖了。"阿姆抱了抱江流。

"那这个男人是我的阿爹吧?"

啪的一声,阿姆一掌拍到了床铺上。一句贸然的戏言,竟然惹来阿姆的震怒,江流一时间讶然不语,泪花满满地在眼眶里打着转。

"他不是你爹!"

"那我阿爹呢?"江流终于问到这个问题,这个给予他生命的男人,被阿姆藏在了记忆的谷底,生怕想起那双动人的眼睛,以及那双勾勒出她青春年华的纤手。

"你爹早死了!"阿姆的话里带着寒气,那一段让她避之不及的过去,也不准他的儿子去触及。

否则,身死名裂。

四岁时,江流看着阿姆每夜都会在这奇异的黄布上写下三个字,然后将布藏在帐篷里最隐秘的地方。少年好奇心动,一问却招来阿姆的呵斥,从此不敢再提。可今晚,阿姆却并没有真的生气,她只是轻轻地抚摸着他,幽幽地说:"江流,有些事情,你还是不要知道。"

"有阿姆陪你,还不够吗?"阿姆这一声反问,如泣如诉,比厉声呵斥更让江流无法招架。他生怕连最后的温存都没有了。

"够的。够的。"江流语气急迫,喉咙里却哽着什么。

"阿姆永远陪着你,永远陪着你。"

怀里的江流呼吸均匀,熟睡的样子更是叫人心疼。阿姆用破旧的棉被把江流裹得严严实实,环手将他搂在怀里,自己的脚踝露在外边也不在意。

好冷，好冷……

梦里的江流感觉自己掉在了冰窟窿里，后背上抵着一根冰棍儿，浑身发寒。可梦境里为他安眠的并不是阿姆，而是那个遗世独立的男人，男人负手而立，嘴角的笑容宛若寒梅。

那人手里还拿着一支笔，那般飘逸，不似写字，倒像是作画？

咦？可什么是作画？江流一阵奇怪，他的生命里从未出现过画师。

莫名的熟悉感又袭来，天命，已经开启。

他用力提了提棉被，迷迷糊糊地喊："我冷，我冷。"

一向细心的阿姆却没有应他。

江流睁开半梦半醒的眼睛，发现他的脸跟阿姆那张已无生气的脸贴得如此之近……

睡意尽去。

阿姆死死地攥住那幅卷轴。那些本是救命稻草的画卷，如今竟好似催命的符咒。

绝　境

"阿姆永远陪着你，永远陪着你……"

昨夜令江流深信不疑的话，今晨却不攻自破，恰若被捅破的窗纸。

阿姆的尸体躺在榻上，浑身上下已经完全僵硬，看来已是去世多时，大概是昨夜睡下不久发的病。江流看过死后冻了整夜的羊，就是这个样子。

现在已是黄昏时候，这一天时间，他都蜷缩在阿姆的怀里，感受着余温，默默流泪。

"沙吉布、嘎斯迈这群贵族哥儿都要叫我'鲁奴'了。"

江流蜷缩在阿姆身边时，忆起很多过往，这是他最难过的一件。草原人把一类独特的人叫作"鲁奴"，意思是"草原上的沙子"。草原人最恨的就是土地沙化，一旦沙化就长不出草来，就要远徙他方。所以草原人从不承认沙子是草原的一分子，也就是不承认"鲁奴"是草原的儿子。他们是比土生土长的奴隶还要卑劣的人群。

江流自打睁眼，看到的就是这片边关草原。可是，这里的人从来不把他们当成一分子，让他们做着连最低贱的奴隶都不愿意做的活儿。现如今，唯一知道他来历渊源的母亲也僵死在了身边，只留下不会说话的画卷。这幅画，如此精美，画角的字方方正正，完全不似草原文字那么弯弯扭扭，现下已成了江流最想解开的谜。

那由氏族、姻亲、血液结合而成的联系，在江流的身上再也没有半点痕迹，他成了活在世间的无主孤魂。

直到江流的眼泪干涸，直到他的脸上没了痛苦的表情，天已经完全暗了下来，那满天的繁星如同人生的棋局般不可捉摸。

江流把阿姆身上穿着的那件袍子裹在了衣服外边，稚嫩的肩膀用尽全力扛起了阿姆的尸体，把她放到了平日给贵族拉羊粪的木板上，双肩绑上了布带，拉着阿姆往坟场走去。江流拖着阿姆的身体前行虽然辛苦，却还能应付。毕竟阿姆的身体早已消瘦得还不如羊粪重。

草原人的坟场是最为肥美的水草地，因为那里栖息着草原守护神。

狼。

狼在草原人的心目中极为尊贵，其分量绝不下于端坐高堂之上的帝王和手握重兵的名将。狼群中又以白狼最为尊贵，带领族群纵横草原，让一草一木都为之战栗。草原人奉狼为草原的守护神，相信死后是要靠狼的引路才能到达天国。而草原人相信要得到狼王的指引，就要跟狼王融为一体。所以死后尸体不似中原人那样焚烧，而是献给狼王。

此刻，江流就要去那片坟场，将阿姆交给狼王带去天国。

现在正值寒冬，草原人将羊圈起来剪毛，出去放牧的人家几乎没有，群狼十之八九已成了饿狼。

"他们吃不饱的吧。"江流那最后一丝恐惧，在不断地酝酿和压制中一点点消退，"正好。"

江流泪中含笑："我一会儿就来了。"

草原水草虽然已经萎谢，但相较于其他地方，坟地却还是留有一片青翠，即使这样的天气也隐隐可见长势。江流负重前行，一路迎着寒风，跌跌撞撞。到此刻，已经是步履蹒跚，前行艰难。这片肥美的草地在神山脚下，而神山在静默中永恒伫立。

"终于到了。"江流喘着粗气，他的皮肤早已皲裂，现在仿佛连血液都被冻结。此刻的江流将阿姆搬下来极其困难，几乎是咬着牙根才坚持下来。

"阿姆，很快的，很快就再见了。"一切准备妥当，只待狼群到来，可是江流却没有要走的意思。猛地，他那稚嫩的孩童声疾呼起来："狼王，你带我们去天国吧。"

近乎死寂的四周，将声音迅速放大，很快又将其吞没，宛若黑洞。

万物静默如常。

"狼王，你来吃我们啊！带我们去天国啊！"江流爆发出撕心裂肺的呼喊。

草地里有了响动。

江流朝声源望去，只见一双眼睛闪动着捕食猎物时独有的凶光，江流吓得跌坐在地。另一处又有了响动，余光望去，饿狼独有的气息让他战栗不已。江流本打定主意，现如今他已是无根之木，与其在世间游荡受苦，还不如随阿姆而去。可是，当一只又一只目露凶光的饿狼接连不断地出现，一个六岁孩童怎么可能镇定得下来？求生的欲望又一丝丝生了出来。这个狼群分明已经许久未曾进食，个个都如引弓待发的利箭，只等狼王的号令，将江流迅速分食。

从最初的绝望求死，到刚才平添的一丝求生心，到如今的再度绝望，江流仿佛到人世间走了一遭。

狼群没有发起攻击，而是陡然间俯首贴地。一匹白狼站在不远处的山岗上。纵然江流未曾见过帝王，可这凌厉无双的气场也将江流最后一丝希望碾得粉碎。

"阿姆。"江流抱着阿姆的尸体，紧紧地闭上双眼，带着哭腔喃喃低语道："我来陪你了。"

黑云散尽，朗月静悬，只听一声长啸！

"呜——"

草原群狼四肢发力，连脚下的泥土都被翻了起来，朝着江流奔袭而来，带着抑制不住的狂喜。

这时，一个女子忽然出现在江流的面前，俯在耳畔道："你可愿跟我学画？"

而让江流瞬间惊异的，除了周遭的变故，还有这名清丽的女子，便是昨日在神山上救他的神女！

丹　青

万物像谜语一样悬停静止。

被翻开的土屑就这样停在了半空，一只只凶光毕露的饿狼如同雕塑般被定在了那里。而背负圆月，脚踏山岗的白狼更是与天地融为了一体。

江流竟是痴了。

一股从未有过的感觉从心中荡漾开去，似江河般奔流于指尖，仿佛应该握着什么，挥洒什么。

"孩子，你可愿意跟我学画？"不知何时，江流的身旁站着一名女子，穿戴不似草原之人，却足见精细。月华倾泻如流水般轻拂过女子的脸庞，肩上清冷的锁骨半隐半现，只这侧面已教江流神往，那种感觉也更为强烈：非想将这天地山川，边关草原，圆月白狼，还有她留住不可。

"孩子，我这法术有违天道，只能坚持一时三刻的工夫，你得快些决断。"那女子的语调温柔，有着安抚人心的力量。

"姐姐，画是什么？"江流却仿佛并未身在险境，竟痴痴地问。

"最初的画不过是对天地万物的描摹，比如塞外雪花，大漠孤烟，而最终则是除去凡俗的污垢，记录下本源的至美。"那女子也不恼，反因江流之痴露出了一丝笑意，"曾经，有人将这神技称作——拂尘。"

话中意味悠长，似有深情。

"姐姐，画能留得住这些吗？"江流小手指向虚空之中，这女子淡淡答道："画正为此而生。"

江流只觉胸中有一江天水奔流。

霎时间，狂喜雀跃的江流转而低头饮泣，女子见他情绪急转直下，不禁疑惑。

"孩子，你为何哭泣？"女子柔声询问，生怕吓着了江流。

"即使我学会作画，也始终是一粒沙子。看不见阿爹，现在阿姆也走了。鱼儿还有水可游，我却没什么可依靠的。"江流说着说着，想起了阿姆，又起了赴死之心。

女子微微叹息，然后低语一句，江流的眼睛里顿时绽放出活下去的勇气。

"我与你的阿爹相识。"

女子见江流决心已定，开始施展法术，两人身形幻动。四周的一切也随即动了起来，饿狼们扑到阿姆的身上疯狂撕咬，血肉横飞。

"啊！"江流看到阿姆的身体四分五裂，心神俱焚，男儿血性叫他竟想跳出幻境，一把抱住阿姆。却被神秘女子抓住，动弹不得。

"当心！"女子娇斥一声。

只见一道天雷凌空劈下，刚才所到之处尽遭焚毁。幸而此刻幻境已成，否则两人皆活不得。

当江流缓过神来，已回到自己破旧的帐篷里。神秘女子站在一边，缓缓吐纳，调整呼吸。

"姐姐，你叫什么名字？"此刻已经脱险，虽然江流依旧为阿姆的离去悲痛不已，可却不能对恩人失了礼数。

女子略一沉吟，"姐姐姓木，名有枝，你今后叫我木姐姐便是。"

"木有枝？好别致的名字。"江流由衷赞叹。

"你的眼角含痣，嘴角微翘，将来定能如他般……夺目。"木有枝悄声低语。

"木姐姐，你认识我阿爹吧？"江流谨慎地问道。

木有枝忽然微微咳嗽两声，并未回答江流的问题，而是背对江流说："每晚月出东山我就会来。"

"若无月呢？"江流赶紧问。

"那便是星辰满天时见。"木有枝淡淡地答。

"若那夜无星无月呢？"江流再问。

"思君时见。"说罢便走出了帐篷。

多年之后，江流依旧迷恋着这个夜晚。但此时的他并没有察觉命运的齿轮已经悄无声息地转动起来。他忽然想到，木姐姐或许认识画卷上的字啊！急忙追出去，却已没有了踪影。

他的后背漾起一丝暖意，转身回望，只见一轮旭日缓缓升了起来。暖阳的光辉普照大地，驱散冬夜积郁下来的死寒。

草原的神山也在此刻醒了过来，那些白雪映得神山金光灿灿。

江流脑海中浮现出阿姆看着神山时说过的话。虽然不明其意，可是母子心灵相通，此刻竟有所感应——

苍山负雪，明烛天南。

草原的夜大多晴好，每当星月笼罩苍穹，江流便盼望着木有枝到来。

这位木有枝也颇为守诺，这一教便是十五年。

木有枝并没有着急让江流学习画技，她说："画技再好，也不过一介画匠。你要想画好，首先就得明白何为画。"

木有枝指点江流，在自家帐篷里的东面掘地三尺，方可见"画"。江流白日里去帮贵族放牧捡羊粪，夜里还要挖一个如此大的坑。这个坑让不过六岁的江流足足挖了三个夜晚，简直精疲力竭。每晚木有枝都来，只是看着，并不帮忙。

直挖到第三日晚，坑里出现了个硕大的箱子。更没想到的是，里面竟是书。

"都是书，不是画。"江流一下子跌坐在地，大口喘气，眼里泛着泪光，尽是说不完的委屈。

"傻孩子，你以为画只是图上的线条吗？"木有枝佯怒。

"那还是什么？"江流睁着泪汪汪的眼眸问。

"你要明白什么是画，就不能被局限，要懂画，首先要懂'韵'。画由韵生，不可脱离本质。"木有枝含笑答道，"你父亲当年……"

"父亲也会作画？"江流大声问道。

"快看书吧。"木有枝收敛笑容，淡淡地答。

在之后的日子里，木有枝教江流识字念书。箱子里的书籍涉猎颇广，有圣人之言，亦有乡野趣闻；有治世通鉴，亦有旧闻野史。两年的日子里，江流快活着也难受着。

快活的是每日皆有新事，对他这个从未离开过草原的孩子，这是何等的欣喜。难受的是木有枝答应教他丹青，却迟迟未提。更让江流难受的是，每当涉及黄布上所写三字时，她总是避而不谈。纵是如此，江流如饥似渴地摄取书上文字，纵然看不懂那三个不明所以的字，却能从那些不同的运笔，感受到阿姆那时的心情——时而柔情脉脉，时而忧愁，时而悲愤，时而怜惜。

江流十一岁时，书中典故已能信手拈来，诗词歌赋亦可挥洒自如。晓前人事，明今世因。就算是当朝的太学生，也不一定较量得过。此刻，他已经迫不及待地想要知道画为何物，手中也有了提笔的冲动。

木有枝却说："江流，这人间草木你可看够了？"

"木姐姐，我出生就在这里，一草一木俱了然于胸。"江流这话倒是不假，他天天跟这些打交道，哪儿有不清楚的道理。

"那好。我且问你，青草的茎叶之间，青白间隙里可有颜色？"江流听罢讶然不知所措。

"不要埋没了你这双好眸。"木有枝哂之。

这花是开了又谢，这水是涨了又枯，反复五载。江流先是留意身旁一草一木，两年过后，江流已可在两草还未发芽之时便知哪株先长出来。三年后，已可将箱子下的诸多字画评出个品来。五年后，唯有自然活物可入眼，见字画便觉恶心，不过是泼着颜料的宣纸罢了。

十年过去，木有枝没有教他作画，没有告诉他的身世。可纵然江流心里有些不耐，却不愿惹恼木有枝，只因舍不得她离开。

"现今，你可知道何为画了？"

十年光阴，潜心钻研，已经磨平江流的少年心性。他没有了往日的轻狂浮躁，谦逊内敛，越是学习，越是明白作画的深远博大，越是有着一种敬畏心，只得老实答道："不知。"

"那就提笔一年。"木有枝露出欣慰的笑容，虽然才让江流拿笔，却已让他足觉欣喜，"提笔十日不动则算大成。"

那年冬季，寒风凛冽，江流已到最后关头，手臂几如无物。

"够了。"随着话音响起，江流昏倒在地，手臂却还死死逮着笔，不肯松手。

"如今懂了吗？"木有枝温柔地问。

"有些明白了。"躺在床前休息的江流，露出少年的微笑。

"说来听听。"

江流应声答道："所谓画，与其说在纸上勾勒线条，临摹世界，不如说将心中所见所想的图像描摹出来。比如我这一笔！"

江流颤巍巍地提笔，在白纸上画了一道墨迹。

"这是绵延青山。"木有枝面有喜色。

接着江流又是一道墨迹。

"这是流水不绝。"这一笔中竟有青气。

接着又是一道墨迹。

"这便是坦荡荒原了。"木有枝点了点头。

"所谓画技，最初为淡描，最终为岚动，手中有气，可拂俗尘。"江流说完这句便沉沉睡去，木有枝却注视着少年日益俊朗的面容。

"痕断，一切如你所言。这个孩子天赋超常，真是继承了你的画意。"遥想当年，她露着有些沉重的微笑，"你要是能见到就好了。"

江流却并不知道，此刻的他提笔作画，已是上层的"岚境"。

光阴如梭，四载轮回，木有枝终于教了江流作画。四载四物，每年画一种。

初始，作画浮云。到最后，画中的浮云引得碧霄鸟误以为真云，穿破画纸而去。

第二年，作画清风。江流悟出以物御物之理，不直接画清风，反而画各种风吹拂下的青草。到最后，画出的清风里甚至含有花香，惹得蝴蝶争相扑来。

到第三个年头，作画饿狼。江流克服心中的恐惧，与上百匹饿狼对视，着极致画艺于狼眼，也因其戾气太重，这幅画卷始终不曾再被打开。

最末一年，作画雄鹰翱翔。木有枝要求甚严，只取翱翔过程中最具神韵的一瞬间。江流一年间看雄鹰振翅腾翔不下千次。振羽千遍，一飞冲天。振羽千遍有"神"，却不具雄鹰霸道之"韵"，翱翔虽有"韵"，却遗失振翅之"神"。唯有腾飞的那一刹那，最有神韵。

朝阳光辉之下，见雄鹰振翅腾飞，江流极速运笔，将腾飞那刹间的英姿与阳光和神山之美相互交融，构成一幅大气磅礴的《神鹰逐日图》。

画成那夜木有枝看过之后，终于露出相隔十五载的第二丝笑意。

不同的是，那时的幼童如今已是丰神俊朗的男子。在木有枝看来愈发与那人相似，而她多年未变，一颦一笑仍是那般醉人。

江流不禁心神恍惚。

虽然不愿意去想，却也不得不承认，江流已经长大了。叹息间木有枝从袖里抽出一块轻纱将自己的脸蒙住，转身出了帐篷。

只留下江流望着背影痴痴发呆。

翌日清晨,江流起身做事,却发现帐篷里的那张《神鹰逐日图》中,神鹰竟然不见了。

莫不是展翅高飞了吧?江流悠悠地想。

画　匠

彼时还在草原,现在却已体味到迢递高城,朱红深墙,一派皇家气象。

进宫的江流剥下那身肮脏的奴隶衣服,穿上了月白色的素净长袍。作为一名新晋画师,能如此穿戴,已足见圣上隆恩。

与之前相比,一月未竟,过往种种竟已全然变换。彼时不过一介"鲁奴",此刻竟已身受皇恩。

南柯一梦也不过如此,但此刻月圆宫静,他竟有些想家。

还有,木姐姐。

离别那晚,他魂不守舍,眉头紧锁,没有认真作画。

"现在我倒是教不动你了。"木有枝这一声轻叹,便把魂游千里的江流给拉了回来。

"哪有？姐姐教得好。"江流赶紧反驳，生怕木姐姐好不容易舒展的眉头又收敛起来。

"教得好你还不认真听。"木有枝嗔怒。

"我是怕今后都听不到姐姐讲课了。"江流学得这身本领，早已百炼成钢，百折千难亦是无所畏惧，此刻却落下泪来，饶是朝夕相处的她也是觉异。

"我这不是好好的吗？"木有枝打趣地说。

"是有人……让我走。"江流声音极小，这话却字字打在木有枝的心上，她不由得心头一惊。

在木有枝的几番逼问下，江流只得讲出事情原委。

这几日草原上来了贵客，据说是自帝都来的人，来边关草原狩猎。今早江流误入狩猎场牧羊，正准备找点什么来画时，就见几名衣着华贵的公子哥被一大群人簇拥着，正在对面草场上比箭猎鹰。前几名年龄较小的，试了多次还伤不得雄鹰分毫，转眼只剩两名公子。其中一名衣着玄黄，足具贵气。他搭箭有力，眼神极是凶狠，飞羽射出时幸好雄鹰急忙侧翼，不然定被射落。公子一箭未中，便乱了阵脚，竟然一口气搭上了五支利箭。要驾驭五支飞羽，纵然是神箭手哲别也做不到，结果自然悉数落空，那公子气急败坏地把狼皮箭筒扔在地上。

雄鹰已察觉到了危险，急忙旋身极速离去。剩下最后一名公子，他臂膀不那么壮实，搭箭也不那么急促，动作看起来慢悠悠的。可就在这时，就在江流也觉得没有希望的时候，飞羽瞬发而至，苍鹰跌落草原，猎犬们竞相争夺。而那公子竟然没有半点欣喜，只是自顾自地离开。那一刻，江流忍不住把英雄留给众人的背影画了下来。

忽然，江流被一名壮汉从身后抓了起来，摆脱不得。只听那壮汉大声喊道："有贼人。"

那衣着甚是华贵的公子连看也没看江流，就对那壮汉说："是贼人便杀了。"想来是刚才比输了，现在拿江流这条命出气。

"是，太子。"

江流没想到这衣着玄黄的公子竟然是当朝太子！

"等一等。"一个沉稳的声音响起，江流抬头看去，正是刚才瞬间射杀苍鹰的人，他翻身下马向太子跪下，"太子，请交予微臣审一审，看他有什么歹心。"

听得这话，江流稍稍定心。太子轻蔑地说："皇兄要审，去审便是。你智勇无匹，我哪及得上。"

"太子何出此言？您文武双全，堪为皇子表率。"他头也没抬，只是辩驳。

"哼。"太子打马而去。

"王爷。"刚才抓住江流的大汉恭敬揖拜。

"你下去吧。我来审他。"王爷沉沉地说。

"这可使不得……"大汉话音未落，察觉到王爷眼角的余光，一股寒气从脚心直蹿头顶，连忙拜过退去。

"真是委屈你了。"王爷收起那鹰隼般的目光，将江流扶起，拂去身上的尘土。

王爷虽然没有半点架子，可江流惊魂未定，说不出半句话来。

"这是猎场，你此做什么？"

"我……我不知道这是猎场，没人告诉我。其他草原皆被豪奴所占，这块水草难得肥美，也就到这里来放牧了。"王爷见确有羊群，相信了几分。而他的目光却未在羊群上多做停留，而是看向江流手中的画。

"这是你画的？"王爷将画纸铺陈开来，甚是中意。

江流点点头。

"我瞧你谈吐不俗，又有这一手绝艺。不如随我回帝都，父皇喜好丹青，将来定有大用。"王爷一把抓住江流，毫不介意他那满是泥污的手。王爷这般礼贤下士，教江流甚是感动，饶是古代贤君也不过如此。

"可我……"江流摇头道，"怕是要辜负王爷美意。"

"这是为何？"王爷面有愠色，可随即消散。

"我父母早逝，全凭一位姐姐带大。我要是一走，她定没了依靠。"江流道出难处。

"接她同往便是，在下绝不亏待二位。"王爷双眸间尽是诚恳。

"姐姐，你跟我同去可好？我一生一世对你好，定不相负。"江流一下跪在木有枝面前，眼中泪光闪动。

245

"唉。"木有枝半晌未答，随即一声长叹，"奈何天意。"

"姐姐？"江流感觉她话锋不对，赶紧逼上一步。

"今晚就是最后一堂课了。"

"姐姐！"江流大喝。

"拿画来。"她一声低语，将他的气势完全压制。

江流奉上那被尘封多年的画卷。多年过去，这幅画卷如今依旧如新。

"这是你父亲的名字。"木有枝双目流下泪来，"他的名字叫——江痕断。"

"墨痕断处是江流。"她说得缓缓，仿佛这些话，怎么都说不快，"他被捕入狱，正是你诞生之时，就化用了这首诗。你的家乡正是帝都，你是那儿的人，早晚要归巢的。"木有枝轻声叹息，"这是命。"

不怪如此相像。她心头暗想。

可惜你不是他。

"我带你走，我们永远在一起。"啪的一记耳光，木有枝下手颇重，江流的脸颊红了起来。

"我是你姐姐！你刚才对我说的算是什么?！"

江流忽然才回过神来，刚才自己到底说了些什么。木有枝站起来，猛地将画布扔到火盆里，在江流伸手去抓时就已经化为灰烬。

"你这是做什么？"江流的眼泪流了出来，这是阿姆留给他唯一的遗物。

"你记住,去了帝都,不能向任何人提起你父亲的名字。"木有枝转身背对他闭目道,"还有,你切不可提到自己的出身,更不可提到你父亲的名字。从今以后,你就在宫里本本分分做人,或可避过大难。"

"姐姐。"江流这个七尺男儿此刻已是带着哭腔说话,"跟我走啊。"

她抚摸了江流的发丝,飘然离去,只听得一个婉转的歌声响起——

山有木兮木有枝,心悦君兮君不知。

千仞宫门内,权力交错间。

江流将宠辱看得很淡,不愿学人趋逐名利,一心想着木姐姐说的本本分分做人,不敢逾矩。可江流的画技确实太过高超,每画一幅都会得到帝君的嘉奖。久而久之,陛下已不再要其他画师作画,低一级的画匠更是没了吃饭的活计。纵使江流小心做人,谨慎处事,也少不了流言碎语,没来由中伤。

之后,江流除了为帝君画画,只把自己关在房内,为的就是将那些流言拒之门外。江流来这里不久,便将这一座皇宫内外看透。无非是趋势逢迎,两面三刀,尔虞我诈,钩心斗角。他不禁想念起边关草原上那些"纯粹"——纯粹的美丽、纯粹的强大、纯粹的杀戮。

那些纯粹构成的世界,是那般酣畅淋漓。

他更怀念木姐姐,也不知她过得可好?

一夜良宵，帝君于高台之上大宴群臣，江流奉命作一幅《帝君恩泽图》。因为帝君喝酒必醉，大臣们也纷纷效法，使得场面极为混乱。幸而江流笔法老到，大宴毕时，此画已成。

就在江流准备收拾工具回房休息时，只听一个苍老的声音在背后响起："你这也算作画？"

江流惊诧地转身回望，见是一个瞎眼老头。他看不见自己所绘丹青，何出此言？但是瞎眼老头的手指上长有许多老茧，一看就是作画多年的前辈。江流忙恭敬道："还请前辈赐教。"

"你这小子倒真会卖乖，比那些个没本事又大言不惭的人强多了。"老人乐呵呵地笑了出来。

果然是在试探我。江流暗想时长吁一口气，随即问："前辈有何指教？"

"指教不敢当。只闻着你那画里全是凡尘胭脂气，臭不可闻，臭不可闻啊。"老人家连忙摆手，随即在那满是皱纹的脸上挤出一个笑容，"让老头子带你去看什么是真的画。"

老人甚是有力，拉着江流的手夹在腋下就走，江流是挡也挡不住。

只听见两个收拾残局的小黄门道："那个老疯子，逮谁说谁画得臭。他真是瞎了眼，只能用鼻子来闻。"

"也该江流倒霉，谁叫他自命清高。"另一个面露鄙夷，幸灾乐祸。

江流被老头子带到皇宫的一处荒园，看样子是废弃的园林。那老头子虽然看不见，对路却熟得很，不要人牵，不要人扶，径直走向内屋。不多时，拿出一盏烛台，还有一卷字画。

"年轻人，我闻你手指尖有青草气，握你手时感觉得到你作画时的笔力异乎常人。你配看这幅画。"老人好似为名剑找到主人一样欣喜。

江流瞧这卷画，宣纸已经发白，看似有些年头，也不知是哪家真迹，心想："看看也无妨。"正要伸手去拿。

那老头儿一把让开，笑嘻嘻地说："别慌。这画可会灼瞎你的眼。"

"灼瞎我的眼？"江流不明白。

"因为太美。"老头子忽然收敛了笑容，黑洞洞的眼眶盯得江流心里发毛，"总之，你只能看三眼。每看完一眼就得闭上眼睛。老头子我呀，是不想折了你这个人才。"

"遵命，前辈。"江流此刻是越来越有兴趣。

画卷刚刚展开时，江流就有一股异样的感觉，就仿佛是进入了另一个世界。那个世界清凉无比，又热情似火，好似崇山峻岭，又好似一马平川，总之说不出的神秘。

"什么！"江流惊呼出来。老头厉声喝道："闭眼。"

江流赶忙闭上眼睛，他不敢相信这古老画上的女子竟然长着跟木姐姐一样的脸。但是，又是那么不一样。记忆中的木有枝虽然风华绝代，却还可以直视。为何这女子这般美，只是看一眼便勾魂夺魄，外带眼睛灼伤般的疼痛。

过了许久他才恢复过来，老头子呵呵地笑："你不该看得这么贪婪。"

"这第二眼你先准备一下，老头子给你展开画卷，你只能盯一眼。"老头子嘱咐道。

江流已有了想看的地方。一眼，足够了。

老头子只一抖，画卷又舒展开来，江流的目光赶紧移动到画角，眼睛更是疼痛，心头一震。

画角上赫然写着——江痕断。

只见笔锋勾连不绝，缠缠绵绵，有着一股神山般不可动摇的骄傲。

眼睛更痛了。

"江痕断！"江流惊呼而出。

"你晓得他吗？没想到你年纪轻轻竟连前朝旧事也都知道。"老人家露出敬佩的笑容，随即自豪地大笑，"跟我的仙物相比，你说说你的画，是不是俗尘？"

"老人家，这画你从何而来？"江流看到自己的家世谜底近在咫尺，怎能不追问。

"当然是我自己画的。"老人家自豪地说。

"您就是江痕断？"江流实在不愿相信，他的父亲竟然是这么一个瞎眼老头儿，梦里的那个男人竟然落魄至斯。

"唉。"老头儿仿佛一下子苍老了许多。他向江流伸出手，"来，扶我到屋里坐。我慢慢讲给你听。"

江流强压住五味陈杂的心情，扶着老头儿坐定，只听见他说："这画是我临摹的。"

"临摹?"江流胸口郁结稍缓。

"这幅画,你听我慢慢跟你说。"老头子端起茶杯,对着杯里的茶水轻轻一点。那故事也随着这圈波纹荡漾开来……

前朝帝君,是位极有魄力的帝王。执政不过十数年,就剪除了两大奸臣及其庞大党羽,集权于一身。而后一举荡平边关草原,手中三百万重兵把守各个要塞,雄视大陆,好不意气风发。

正是盛世出才子,那时有一名叫江痕断的画师出现在宫廷里。他有一手绝技,曰,拂尘,意为拂除俗尘。任何凡尘之物,到了他的画卷上,都会展现出最本源的美感。

帝君喜好丹青,自然对他宠爱有加。到了最盛时,甚至驱赶嫔妾,与之同寝同食。这江痕断也是恃才傲物,他的眼神从来不会为任何事物多停留片刻,就连他与帝君同食同寝时,大多数时候也是不睁开眼睛的。

其他的众多画师虽然妒忌,却拿他毫无办法。毕竟自己没有这一手绝艺,就算设计害了他又如何?还不是一样得不到帝君的赏识。那时,江痕断是开国六朝以来,最显赫的画师。

帝君占有欲极强,凡是他想要的天下至宝,只有得到才会罢手。为这个,帝君还专门修起了一座千层塔供他收藏奇珍异宝。但是,帝君最珍贵的宝物并不是器物,而是一个人,那就是当朝皇后,也就是画里的女子。

传说皇后是天下第一美人,一颦一笑都倾国倾城。可就连器物都有消逝之日，何况人的容颜。于是，帝君想了一个法子，让江痕断把皇后的美貌画下来，永恒地保存下来。帝君甚至想将来带到帝陵里去，与美长伴。

偏偏帝君又极端猜疑，他生怕江痕断会爱上皇后，甚至害怕他窥走皇后一丝一厘的美貌。帝君想了一个法子，只让江痕断从水中的倒影里看一眼皇后。江痕断无法推辞，跟着帝君来到了千层塔里，只在水中看了一眼皇后。哪知，江痕断说出他此生唯一的请求。

"陛下，请容我再看一眼。"帝君虽然一万个不情愿，却不能让画师没看清楚就作画，于是让他看了第二眼。

帝君思量这下差不多了吧。怎料江痕断说："陛下，请容微臣看最后一眼。"此话一出，帝君震怒，把水打翻在地，负手而去。江痕断跪倒在地，身体不住哆嗦，可口中还是喃喃自语道："最后一眼，最后一眼就成了。"

他跪下去的那一瞬间，看清了最后一眼。

那幅画帝君本限他三日之内画好，怎料江痕断冒着抗旨的风险，一拖竟是三个月，一直拖到帝君天辰节的那一日。

就在那日，帝君展开了画卷，一看便目不转睛。周遭的大臣们虽未见到此画，看帝君如此专注自然连连称好。可是，美好只是瞬间。周围的侍从们全都捂着眼睛在地上打滚，陛下的眼睛开始流泪，继而流血，最后竟然瞳孔爆裂。即便是如此，帝君还是直直地瞪着画。

那日，帝君驾崩。

而江痕断的眼睛也瞎了。

"前辈,你……"江流心头生疑,却被老头子挥手打断。

"我知道你要问什么。"老头苦苦地笑了笑,摇摇头说,"那时,我便站在先帝背后。我只是一名画匠,连画师都不能算。偏巧我有一项绝技,那便是过目不忘的功夫。这幅画,是我按照脑中的印象画出来的。

"我这双眼睛毁在这幅画下,也不枉活一场了。"老头子空洞的眼眶里竟有晶莹的泪水。

"前辈。那……那幅真迹呢?"江流赶紧问。

"孩子,你别急,听我慢慢说。"老头子用枯枝般的手擦了擦眼泪。

那日之后,朝中大乱。当今帝君也就是在那场战役中杀死哥哥的两个儿子,自己当上了帝君。此事号称"画岚之变"。不过,江痕断肯定在劫难逃。听说他的结发之妻,抱着刚生下来几天的孩儿,拖着本该坐月子的身体被发配到了边疆。边疆天寒,那时候去,即便不死也要落下个顽疾吧。

可是,奇怪的事情发生了,就在江痕断将要被行刑的前一个晚上,皇后暴毙身亡。有传言那画是不祥之物,画里的女子把皇后拿去做了冤鬼替身。可也有人说,看见皇后在暴毙的那个夜里,去见过江痕断。

不过不论如何,现在说什么都是空的。只是传言说,皇后暴毙的原因就在这一卷画轴里。这画卷也被视为不祥之物，被永远封存在千层塔里，永世不得开启。

江流听罢，双目泪流，但又异常坚定。因为许许多多的疑问都喷涌了出来，他还来不及悲伤。

木姐姐就是皇后吗？可是皇后死了这么多年，怎么又会出现在我的面前？

阿爹跟皇后到底有什么关系？

皇后又为什么会暴毙？

看来只有打开画卷才能一探始末了。

"前辈，我怎么才能打开画卷。"江流请求道。

"开启画卷？"老头子大笑了出来，"除非你位极人臣，有了翻云覆雨之手段，颠倒人伦之气魄，否则你想也别想。"

"那……我就位极人臣。"江流脸色阴沉，眉宇之间有一股紫色桀骜之气。

浮 生

"江丞相，小的给您找来了。"掌匙小吏对着江流鞠躬哈腰，江流却连正眼都不给他，只是淡淡说："开门吧。"

小吏自知讨了没趣，只得手脚利索点儿去开门。

一声吱呀作响，好似有江流半生那么长。

自那日从前辈口中得知此画秘密，江流便辞掉宫里的差使，到王爷的府里做了一个幕僚，弃笔不再作画。江流第一次见到王爷，便知道他是要做大事的人。他礼贤下士招募能人，又手段毒辣令部下生畏。他那后脑勺上凸出的反骨，更是定下他此生的命数。而太子有勇无谋，骄纵易怒，实非明君。

江流辅助王爷三十余载，拉拢朝堂势力，结党成派。还在最关键的五次事件中，献上五策，助王爷独断乾坤。江流也获得了自己应得的——朝廷第一大员不说，还是开朝八代以来第一个异姓王。新帝君可算是为他坏了祖宗的规矩。

可事成之后，江流只向帝君提过一个要求，就是想去千层塔上走走。因为江流没有忘记，付出半生韶华，手染忠臣鲜血为的是什么。

只为那画上的一句话，只为阿姆的过往，只为阿爹的真相，只为木姐姐的恩情。

一切的付出都是值得的。

江流缓步走上塔顶，叫一帮忠仆在外边候着。

他推开房门。可能是许久没人来的缘故，这里灰尘满布。曾经皇后的卧室，现在成了放这不祥之画的寝宫。他走上藏宝阁，从最深处拿出那幅画来，深吸一口气，缓缓打开装画盒的纸盖。

一封泛黄的信纸映入瞳眸。

江流生怕这封信被损毁,他那一双已经显得苍老的手掌小心翼翼地翻动着纸页。这封信的抬头竟然就叫江流倒吸一口冷气。

只见赫然写着四个大字——江流亲启。

这会是谁写的呢?

江流目光瞟向最末,又是赫赫然四个大字——后之婢女。

一个婢女怎会想到给六十年后的我写一封信?江流耐住心中的疑惑读起这封信来,那颗早已没有生气的心,竟然再度感受到了温暖与疼痛。早已干涸的心泉如今再度喷涌。此信读罢,顿觉浮生不过虚度,那许久未曾拿笔的手,已沾满了世俗的奸戾,再不配作画了。真是枉费了阿爹的一番苦心跟皇后用性命换来的恩情啊。

江流转身把门锁住,展开那幅画卷,最后看了眼画上的字句,推倒了烛台,将一切交付于这熊熊烈火。

忠仆们看到房里着火连忙疾呼大人,可是江流并未回答。他们料想大人已经被熏晕,正待撞门而入。

就在这时,江流推门走了出来,一言不发,默默向塔下走去。

仆人们呆呆望着,只觉丞相大人,在此刻——真正老了。

那夜,千层塔燃起的火光,将整个帝都照亮。

为　君

江流以为将这画烧掉，往事便如烟散去。殊不知，在他尚未出生时，已有一个女子，在她即将分娩而被发配之际，一笔笔写下了这一段秘史，托老父放于宫廷深处。

只记得当日将书卷交与老父时，父亲老泪纵横地叹道："若非与这逆臣江痕断相遇，你也不至于与他结亲，更不至于落得如此下场，毁我三代清誉。"

面对盛怒的父亲，即将临盆的她猛地跪倒在老父面前，一下下磕头道："父亲，我不怪他。那日他来府上为我作画，便已将我的心困在画里了。不论他是否爱我，我都愿意为他而活。"她忽然慈爱地抚摸着滚圆的肚子说，"江流是他的孩子，让我为他留点血脉。"

"你可知皇城上下，皆传他与皇后有染。"老父垂涕道，"如此你还对他不移？"

一行清泪落了下来，女人用手擦了擦。"纵然如此，我也不移。不然江流从哪儿追溯他父亲的英姿？"

"你真打算让这孩子认他作父亲？"老父决绝地问。

"我……"女人的头低了下来，似有一腔悲郁道，"不知道。"

或许，在她心中也是有恨的吧。

"不过，我想痕断这么做，自有他的道理。"女人狠狠地说，眼里有一团火。

后世的文人将这一段秘史编成了传奇，被说书先生传遍大街小巷，最初流行于世时，有不少痴男怨女听罢之后，纷纷走上殉情之路，后称为"千古奇怨"。

故事这样说：

寒冬腊月，地牢里的棉被如同无物，浑身上下感受不到一丝暖意。江痕断把手放在身前，就算明日就要开赴刑场，这拿笔的手还是得保护好。

可事到如今，笔墨丹青已经完全不能占据他的心了。因为他还要在心上留出两块白绢，一份铺陈愧疚和思念，一份保留那夜的惊艳。

其实，留名后世，从来都不适用于江痕断。他的拂尘神技本就始终忠于自己的内心。可如今，他有了结发妻子，还有即将出生的孩子，现在皆因自己要被流放边塞草原，过着朝不保夕，颠沛流离的生活。

每忆至此，他的心便觉一阵刺痛。

"快点儿啊！"狱卒显然是收了某人的钱财，否则他这等重犯怎会被允许探视，是娇妻唤人来照应我的吗？

心里更是难受。

来人是两名浑身上下裹得严实的女子，江痕断听见其中一个女子说："娘娘，我去门口看守。"

江痕断心头猛地一震，竟是皇后！

"江先生，连累你了。"娘娘取下面罩，面露愁容。

"没什么连累不连累的。"江痕断只是淡然一笑。

刹那间，相向无言。

"江先生，"沉默之后，皇后竟有了一丝捉摸不透的笑意，"想来你是幸运的。明日赴了法场，便解脱了。总好过我，竟恋上你眼中的那个自己。若无你的注视，我的美又有何意义？"一汪清泪带着笑意流出，好似一弯细流。

"我有幸一睹惊鸿倩影，此生足矣。"江痕断对亲人是愧疚的，但是每想起那一抹惊艳，心里竟后悔不起来。

对已臻"拂尘"的江痕断而言，有什么比保留天地至美，更值得付出一切的吗？

"先生可有何未竟之事？"皇后抹去那一行泪水，带着实现一个承诺的庄严，郑重问道。

"我此生已经见过人世最美，本已没有什么好留恋的。"江痕断本温润清澈的眼眸，突然有了厚重的愁绪，"只是，我那尚未出世的孩子定有着远胜于我的丹青造诣……可惜，没机会教他了。"江痕断那沉痛的眼神，仿佛划定了阴阳两隔的沟渠。

他永远都无法亲抚爱子了。

皇后沉吟片刻，答道："本宫亲遂先生愿。"

"哈哈哈。"江痕断笑了出来，"娘娘久居深宫如何出得去啊!"

皇后起身戴上面罩,淡淡道:"定不负君。"

第二日,江痕断赴法场时便得知皇后暴毙的消息,送消息的正是皇后的婢女。

"她这是为何?"送行饭总是异常丰盛,江痕断端着一杯酒品着,紧闭双目,幽幽地问。

"娘娘说,士为知己者死。先生是娘娘唯一的知己者,一条贱命,不足为惜。"婢女为先生倒酒,她虽然流泪,却不曾有半点哽咽。

"纵然死了又有何用?"江痕断依旧冷言,婢女却并不在意,只是说:"娘娘用一丈红绫悬于房梁,身着艳色长袍,听闻方术之士说,这样能变成昼伏夜出、以地阴之气为生的幽魂,以六年之功乃成。若真是这般,娘娘就能在夜里教江流学画了。"

"竟然这般……"这一番深情重义,叫江痕断怎样言语。他心中显现出皇后的倩影,有一种别样情绪。我对她,真只是画家对至美的追求吗?

窗外雪落更甚。

"娘娘死前,留有一言于画上。"女婢说这话时眼中流出的已是血水。

"请讲。"江痕断口中语气尚且平淡,可心中早已翻覆。

"山有木兮木有枝。"婢女话毕,一口鲜血涌出,早已服下的毒药发作，就此长眠不起。

江痕断杯中沾染了婢女的鲜血，点点滴滴，好似笑靥。

"这寒冬腊月，若作一株梅花，岂不美哉？"

遂一杯饮罢，往事俱下。

寻剑

今年桃花开的时候,她本该嫁给某个人。

鲜红的花轿被四名壮汉抬着,从一扇门送去另一扇门,从一个清白的大院送进另一个贤良的宗族,如同一件厚礼。

可就在这个节骨眼儿上,她忽然疯掉了。

之前拉媒说纤的媒婆们齐刷刷地坐在她家的门厅里,有的斜乜着眼,有的冷冷地去看堂前的老父,有的一遍遍舔着牙根,嘴唇上火到像涂了血。

老父只能赔着笑,畏畏缩缩地承受着媒婆及背后准婆家的怒火,把说亲的帖子一张张还回去,像把脸面一次次扔进泥水中。

此刻,她靠在大堂背后的墙壁上,一遍遍去碰白里泛黄的深院高墙。头上的黑瓦纹丝不动,没有掉下来帮她开开窍的迹象。

她还在回忆那个梦,试图挖掘那场相逢的更多细节。那是在一个亮如白昼的夜里,一名身着墨黑劲装的女人走到她面前,将一柄剑递了过来。

"女侠,你把剑给我干什么?"她看着那个熟悉而陌生的身影,把剑接了过来,放在了膝盖上。

"有了这把剑,这天下哪里都能去得。"女侠的语调平和,仿佛这只是一个常识。

天下?她不懂这个词到底有多大,不明白这山河湖水,是如何平铺于那宽漫的大地上。但她从小就有很多地方去不得,城东的山林、城西的溪流、城南的闹市、城北的庙宇,这些从小到大萦绕在她耳边的地名，只是一个个遥不可及的远方。

她从小就在幻想，待星月退去，日出的光辉把小山点亮；溪流里有许多螃蟹，他们深藏在石头缝里产卵；闹市里有来自四面八方的新奇玩意儿，父亲偶尔带回来的礼物，早已让她将闹市幻想成一处宝藏；还有城隍庙的香火气，众人对着石头叩头的景象，对她而言太过震撼。

"那些地方太危险了。"父亲从小就这样告诫她。

她也问过到底哪里危险，而父亲斩钉截铁地说哪里都危险，以至于幼时还能在家旁的小巷子里跟小伙伴跳跳皮筋、翻翻花绳，可当她的身体出现一些变化后，她就幽居深闺，再也没有踏出家门半步。

因为外面很危险。

然而，在长大的岁月里，每当她听父亲、听家里的仆人，以及登门拜访的其他族男讲起这些"他乡之事"，内心都充满了向往。

如今，一个女侠，拿着一柄剑出现在她的面前，告诉她只要有这把剑，就可以去到任何地方。

这变成了一个巨大的诱惑，怎不叫她魂牵梦萦、久难忘怀。

然而，当她从午睡中醒来，看着停滞了时光的日头，微风透过窗棂拂动她的发丝，她清晰地意识到，那不仅仅是一个梦。

那柄宝剑一定出现过，她的膝盖和手中还有不可磨灭的触感。而那薄薄的凉被上，也留下了一支若有似无的剑影。

有人将她的剑偷了去。一时间，她心乱如焚。

午睡醒来后，她走出了自己的闺房，在家里翻箱倒柜地找了起来。无人住的三间厢房、仆人们正在忙碌的后厨，还有尚且无人的厅堂，她翻开了所有的柜子，把丝绸的被褥扯得到处都是，趴在死气沉沉的雕花大床下，看那地面上的灰尘有无宝剑的痕迹，甚至揭开了三口大水缸，用手去捞，生怕宝剑隐了形。

家中的仆人不约而同地放下了手中的活计，看着反常的小姐，忍不住窃窃私语起来。随着动静越来越大，仆人有些坐不住了，头上冒出了汗珠，脚下仿佛烧着烧红的炭。反应快的，已经去账房找管家，更多的人都下意识抬头看天，生怕那片苍茫的白云底，会不经意间塌下来。

可她现在管不了那么多，满脑子都是那柄宝剑，哪怕她是那么敏感而柔和的人，尤其善于感受他人的情绪，听命于他人的意见。

那柄宝剑虽然尚未找到，但却让她莫名多了些底气，去做此刻最想做的事情。

直到她推开了父亲的书房，冒昧地打断了父亲和亭长的谈话。

在父亲的摔盏声和亭长的阴郁目光中，她感到了一种僭越。

"出去！成何体统！"父亲向来说话很少，如今多出四个字，让她感到羞愧而惊恐。

可就在她下意识想要退出去时，她忽然感觉有剑柄抵着她的后腰，让她在父亲的盛怒下，挺直了身板。沾着血迹的剑穗上挂着一颗铃铛，在她耳畔发出悠悠的清响。

"我来寻剑。"她知道那柄剑在呼唤她，"寻到了便走。"

面对女儿的顶撞，父亲竟然哑口无言，脸被怒气涨得通红，像是有什么秘密被窥破了，让他丢尽了颜面。

亭长阴恻恻地笑着。"疯了。"

那天，她没有在父亲的书房里找到宝剑，而镇上所有人都知道他们家出了个疯婆子。

"剑也是女儿家可以用的？"

"这太平盛世的，要剑做什么，难不成想造反？"

"恐怕是想带去婆家，谋杀亲夫，侵占家产。"

但她不管，她要找到那柄剑，然后去小溪边抓螃蟹。

半月过去，她不仅寻遍了家里的犄角旮旯，甚至连花园的土地也被她刨了一轮。眼看家里被她如此糟蹋，父亲关她禁闭，她则绝食以对，父亲拿戒尺打她，她身上布满伤痕，愣是不吭一声。

各种手段试过一遍，眼见她寻剑之志不灭，父亲像是彻底熄灭的柴火堆，再也没有办法，只得由她去了。

看来是被人从家中偷走了。她想来只有这一种可能，因此在一个清晨，连后厨准备的香桂糍粑也没用，就跨出了家中的大门。

这是她多年后第一次离家，走到不算宽阔的街上，心里本颇有些忐忑。可走着走着，她便被眼前的景物所吸引，本能的紧张正在慢慢褪去。

早餐档上的食物是她从未见过的大饼，看起来有些丑，但闻起来很香。脚行的苦力正推着独轮车往米店运送小山一样高的包袱，从她身边跑过时，有着无比浓烈的汗臭。抱着娃沿街乞讨的老乞丐，正在小心翼翼地数着钱袋，看够不够送他孙儿去私塾上学。还有当铺的掌柜正骂骂咧咧地让伙计赶紧把门帐支起来。街上甚至还有些穿着甲胄的军爷，嘴里散发着隔夜的酒气，准备出城离开。

眼前的世界她从未见过，若不是那把失踪的宝剑，她连看一眼的机会都没有，因此生出一丝侥幸来。

然而，欣喜并不长久，她渐渐感到一些不对劲。

街上虽然愈发繁华，可这些热闹好像只属于男人，女人的身影寥寥无几。而且，总有男人会看她，或不解直视，或小心偷瞄，或佯装无事地反复打量。那些眼神让她很不舒服，仿佛身上的衣服正在一件件掉落，终将赤身裸体地陷入一片浑浊的浪潮。

她甚至隐隐听到，那些人心里，有什么东西硬了起来，充满了攻击性。

那声音一个个响起来，咚咚咚的，敲打在她的心上。她本来大大方方地走在道路中央，之后竟然一点点往道路两旁靠去，想要用道旁的阴影将自己隐藏起来。

然而，就在她小心观察着四周时，小巷子里竟然伸出一只手，猛地抓住她的胳膊，想要往里面拉。

强烈的惊恐激起了她求生的本能，竟然猛地扶住墙根，拼命拽住自己，在好一番搏斗后，巷子里的人松开了手，而她摔在地上，洁净的绢衣染上了烂泥。

这一番吵闹惹来了周围的一些人，他们看着惊险的一幕，都忍不住感叹。

"差点就出大事了。"

"险些玷污了清白。"

"你看看，是不是外面很危险，以后少出门。"

"摔在地上多难看呀，以后真的要小心。"

"我们要保护好女人。"

可现在的她顾不上周围的闲言碎语，虽然平时也挨过责打，但拼死对抗后的脱力，以及这般强度的摔伤，是她从未经受过的。此刻，腰上传来剧痛，她连站起来都有些困难。

一个男子走过来，以一种颇为克制的身体接触，将她扶了起来。"姑娘，摔伤了吗？有没有事？"

"没事。谢谢。"她看向那个男子，只见他一副话本里的书生模样，长着一张柔柔弱弱的脸，背着一个竹篓，晃动时里面传来书籍的碰撞声。

"那就好。"男子一边说着，一边从竹篓里拿出一支笔和几页纸。只见他用舌头舔了舔笔头，在纸上快速记录着。

"你在写什么？"她好奇地看着男子。

"哦哦，我是本镇的史官，我得把这些不堪入目的事情记录下来，分发给各家，让百姓了解真相，有所防范。"

"我这就变得不堪了？"她不明白。

"我没有说你不堪，而是这件事。"史官的目光还在纸上。

"那怎么防范呢？"她现在迫切地想知道。

"比如尽量不要走夜路，不要独自一人走偏僻的小巷，陌生人跟你搭话尽量不要接。"史官显然深谙"防范之道"。

"可他是忽然抓我的呀。"

"什么意思？"史官看着她，眼神比刚才更陌生。

"我既没有走夜路，这里也不是偏僻的小巷子，也没有人跟我搭话。"她不解地看着史官，"我不知道还要怎么防范。"

史官面对她的质问，一时有些手足无措，满脸写着"我也没有更好的办法"。

她觉得眼前的男子很有些可怜，竟然本能地想要帮他解围，连忙提出一个防范办法："那你们官府能把那人抓到吗？"

史官探头朝空荡荡的陋巷看了一眼。"这……我……很难讲，我只是一个史官，这些……不归我管。"

"哦。"她转身打算离开，心里想着，看来还得找到那把剑。

"不过，你现在有婆家了吗？"史官像是非要找到这背后的原因，脸上露出非要扳回一城的表情。

"没有。他们说我疯了。"

"你看，要是为人妇，为人母了，你就安全了。"

"为什么呢?"她不明白史官的意思。

"以后你外出,就能跟你的夫君、你的孩子结伴同行了呀,这样就不危险了。"史官对自己的答案很满意,那笑眯眯的样子,仿佛在规训一名不谙世事的女童。

听了这话,她想到刚才路上有男人对自家的娘子说外面很安全的话,没意思地耸耸肩,"我还是喜欢一个人,自由自在。"

史官摇了摇头,露出孺子不可教也的表情。"还真是疯了。"

之后,她继续在城里游荡,内心谨慎非常,虽然这个镇不算小,但她却深切地感觉到危险和逼仄。她想起父亲的警告,忽然有些自责,一切所言非虚。那些尚未踏足的小巷里,那些目光无法覆盖的拐角处,随时都有人将她掳去天涯海角。

一时间,天地再度缩回闺房,一眼就能看个透凉。

她下意识地握了握右手,宝剑依然没有踪影,那种握剑的感觉正在退去,一切仿佛真是一场梦,一切都是自己发的癔症。

失望,她打算回家去,一路上踢着脚下的石子,不甘却又无可奈何。就在离家不远时,她发现街上有许多人围着,伸长了脖子去看墙上张贴的官府告事。

只见那是一张通缉令,也是一张围剿令,说有一名女犯人逃往了镇外的密林,现在官府正在大事搜捕,若有知情不报者,将以胁从论处。

叽叽喳喳的议论声此起彼伏，大多数人都在说"侠以武犯禁"之类的老话，但她隐隐听出语气颇有些不对劲，虽说这是一名通缉犯，但人们隐隐有些钦佩之意，说她劫富济贫的义气，说她仗剑天涯的豪迈，甚至有人说"就是男儿，也鲜有这般胆色"。

当她挤进人群最前列，看着通缉令上的画像，整个人都呆住了——那正是将剑给她的女侠。

如今宝剑下落不明，她心里颇有些惭愧，守不住别人的防身之物，至少应该向她说一声抱歉。

因此，她打定主意，转身向山里走去。

此刻已是傍晚，树木影影绰绰，融进山色的魅影里，化为艰涩的谜题。她一边在山里走着，一边呼喊着女侠，直到她来到山顶，星月已经覆盖大地，山脚下的镇上摇曳着浓浓人情烟火。

又是一次无用功，女侠并未出现，宝剑也宛若投进了桃花潭里，氤氲的气息阻挡着她继续探索。

可就在这时，一个人影出现在她的身后。"你怎么来了？"

她猛地转身，目视着无时无刻不隐藏着自己的女侠，一时不知该说些什么。然而，借着月光，她看到女侠的身子有些奇怪。她看起来颇为憔悴，走起路来也没有力气，可走出树影之时，那个滚圆的肚子，给了她极强的视觉冲击。

"抱歉……你的剑……我……"她一边道着歉，一边被女侠那难以忽视的肚子吸引着。

"无妨,"女侠仿佛早就知道是这样的一个结果,脸上露出凄苦的神色,"谁也接不住这把剑。"

"你是生了什么病?"她小心翼翼地问。

"十月怀胎,也该生下来了。"女侠露出一抹笑容,"所以想着把剑传给你。"

"你有身孕,还能当女侠?"她一时有些迷离。

"我不是什么女侠,走上这条路,也是因为怀上了这个孩子。"女侠自顾自地说了起来,有种交代临终遗言般的坦诚。

"我满世界地游走,本来只是想拿掉这个孩子。"

"这……"

"是啊,不是万不得已,谁会打掉自己的亲骨肉呢?可我遍寻世间,从皇宫大内,到乡野医叟,竟无一人懂得堕胎之术。那些所谓的行侠仗义,不过是我为了换来此术,付出的一些……代价。"

"那你现在怎么办?"

女侠摇摇头。"我也不知道,但我现在已经不想打掉她了,我能够感受到我的身体在起某种变化,已经舍不得与她分离……"

就在这时,山下忽然出现一片绵延的火光,有许许多多人打着火把,星夜搜山。

"你快走!不要被他们抓到。"女侠一把将她推向了崎岖的山间小道,"我来引开他们。"

此刻,她心中涌起万千思绪,而女侠脸上则展露出一抹决绝,甚至恢复了些生气。

女侠手中没有了剑,但身心却变得前所未有的锋利。

在下山的路上,她眼看着零星火光朝山阴处聚集,就在她走出密林回到小镇上,她仿佛听见了一声不屈的呐喊。那一声短促却坚决,可随即隐没于夜色里。

回家后,父亲静静看着她满身尘土、衣衫破损的样子,等她接过仆人递上来的茶水一饮而尽后,父亲终于开口说话:

"疯够了吗?"

她没有回答,只是用手把茶碗捧得更紧,牙齿轻轻咬着边沿,仿佛要将整张脸完全陷进去。

"去歇息吧。"父亲没有多说什么,只是自顾自地走了。

一时间,她发现只有那间小小的闺房,才是她唯一的归处,是她身心唯一的寄托。

推开房门,楠木桌上放置着尚未完成的女红,还有那方雕有草木花鸟小床的枕边,工整地摆放着几本绝不玷污人心的圣贤经典,这一切都让她感到索然无味,心里有团火烧得她心慌。

她想忘掉那把剑,忘掉那个女侠,重新回到正常的人生里,接受世界的危险底色,接受女人注定招来厄运的事实。

当耗尽最后一丝精力忘掉往日的幻梦,她便在压抑的心绪里沉沉睡去。

睡梦中,她听到连绵的雨声,可有人彻夜狂欢,无休无止地歌唱着,纵酒着,赞美着天下太平,赞美着众生都是自己命定的样子。

她知道，那些热闹不属于自己，一切都是危险的。

可是，天还没亮的清晨，她闻到了一丝血腥味，神志逐渐清醒过来。当她推开房门，骤雨初歇后的晨风裹挟着浓郁的鲜血味撞在了她的脸上。

她走在空无一人的院落，发现到处都沾染着血迹，地上有条细细的红色支流，将她引向家门外。

只见城里到处都有醉倒的人，不光有男人，还有不少女人，他们抱着酒坛，喝着混进鲜血的新酿，在沉睡之城做着大梦。

她生怕把别人吵醒，于是蹑手蹑脚走过这片肉海，仿佛只有她才是唯一的无欲人一样。

走过私塾时，她看到了之前的那位史官，他倒是没醉，但精神已经完全崩溃，嘴里喃喃念叨着："笔呢……我的笔呢……谁拿走了……"

她看着那支掉在史官身边的小笔，心想他恐怕永远也提不起来了。

当她来到那条滋养大地的血源处，发现女侠被绑在了一个高台上，肚皮已经干瘪下来，心口插着那把宝剑。

她小心翼翼地爬上去，想要解开女侠的绳索，但绑得太紧了，全是死结，仿佛打定主意要生生世世地把她束缚在此。

她不知道女侠做过什么，但不想要腹中的孩子……何至于此……

一番挣扎后，她知道自己解不开绳索，已经带不走女侠了。可是那把剑她可以带走，哪怕她接不住，至少可以把它交给能接住的人。

总有能用上它的人。她坚信着。

当她双手按住剑柄，使出全身力气，一点点将长锋从心上拔出来时，伴随着朝阳的光辉，剑穗上的铃铛发出清脆的声响。

有人醒了过来，因为这铃声撩动了他们本能的恐惧，以为那个被他们杀死的女人又回来了。

可当他们发现拔剑的竟然是自己，肯定会毫不犹豫地前来阻止，甚至当场将自己格杀，自己的血也会渗进这片土地。

但她没有迟疑，继续拔剑，做好了在人潮中逆行的心理准备，宣誓着这场远行终将胜利。

哪怕最终完成胜利，最终让这天下不再危险的人，并不是自己……

后 记

我是属于小地方的人，这种心理认同直到我大学毕业后才有所改变。

在很长一段时间里，面对身边的人，我会感到有些不自信。不论是同事，还是同行，他们大多都有高学历，有留洋背景，他们仿佛自打出生就生活在一个高度发达的文明环境中，浸润着另一套思想体系。

我出生于一个小县城，那里有着开了十几年的米线店，永远不会变宽的街道。在我年幼时，坐出租车是一件无比奢侈甚至毫无必要的事情，因为走路去哪里都不会超过二十分钟。而且，小县城没有田园牧歌的安宁和浪漫，反而充满了生猛和不安全感，孩子间的霸凌和欺压无比常见。万幸，我出生在一个不错的家庭里，大人们把我保护得很好，可正因如此，世界也就更加狭窄。

之后，我去了临近的小城读高中，又去了不算远的一个小县城里读大学（七月老师《群星》开篇里提及的江口小镇就在我所读大学的不远处）。总之，都是那种靠双脚就足以走遍全城的小地方，天地不那么开阔，日子也相对平淡。

可是，我从小就跟我爷爷生活在一起。他年轻的时候从军，走过许多的山山水水。或许，幼崽都要从长辈的故事和人生里，获得模仿素材，以完善自我的人格。在我心里，爷爷就是英雄般的存在，前往更加广阔的世界，则是生命的必经之旅。

那种前往更大世界的愿望，隐隐在我心中扎下了根。

后来，大四的时候，我来到成都工作实习。这是我第一次，绝对意义上，来到一个大城市独自生活。我发现最让我无法适应的，不是物价，不是工资，不是人与人的相处方式，而是都市自带的空间距离。从小被我们俗称为"11路"的双腿已经失去了作用，去哪里都需要借助交通工具。

那一刻我意识到，出租车仅仅只是奢侈，并非毫无必要了。

为了熬过这个阶段，在那些日子里，我开始有意识地吸收许多的文化给养。我当时一口气听了一百多期《大内密谈》，上班路上总是在傻乐；我开始听更多的非流行音乐，走进了摇滚、民谣、爵士的世界；我开始读科幻以外的书籍，看更多作者电影。

可能，当心灵逐渐丰满后，空间上的刺激感就会渐渐消失掉。

如今，我已经在成都生活了八年，参与了一些杂志和图书的制作，结交了一些朋友，在这个愈发庞大的城市生存下来。而且，我还去了很多的地方，比如小时候只在课本里出现的北上广深，比如遥远而神秘的冷湖，还去过《海街日记》里的食堂取景地。

于我而言，远行本身早已不是什么难事。

可是，当我跨过这道门槛时，当我期盼着全新世界的美妙时，我忽然发现世界和世界、人和人之间没有那么多不一样。我们都受困于自己的内心，我们追逐远方时，都需要面对眼下的生活。

我忽然意识到，过去总想着追逐星辰大海，其实自己就站在一颗星星上。①

我仿佛感受到了某个永恒的母题，某个值得永远追寻的秘密。

这本书里的许多作品，或许可以被归为科幻小说（这由读者们说了算），但相较于书写未知的世界，我更想探向灵魂深处，挖掘那些凝结的情绪，感受每一个独一无二的个体，为那些敏感的痛感强烈的人书写故事，吐露心绪。

我并不是一个善于讲述自己的人，不论是生活还是写作。就连这些写了十年的小说，除了寥寥发表过几篇外，大

----

① 化用廖伟棠老师的诗。

多也是束之高阁。

可就在某个夜里，付强老师忽然发信息问我："你为什么就不考虑结集出版呢？"然后丢了一份文档给我，其中有我几篇小说，"你的稿子我这里不全，你记不记得你写过一篇讲车的……还有一篇讲画画的……"

在他的逐一提醒下，我在电脑里翻箱倒柜，竟然收集了近二十篇小说交给他。

"你不投算了，我去投，还就不信了……"

看他为了我的小说那般热切，我也不好意思继续躺平，于是也动了投稿的念头，可延宕许久，幸好在许多朋友的推动下，最终将这部小说集交到了魏映雪编辑手中。

感谢这一路上帮助我的人（这本书的书名甚至都是从钛艺老师那里要过来的），能被好友们推着走，真是蛮幸福的一件事情。

在本书确定出版时，有朋友问我接下来要写什么。虽然每天一百字推进着，但具体要写什么，还真说不上来。我是一个愚笨的人，不爬到山顶真就无法勾勒出山的形状。那些还没写下的字，都需要一个个探索而来。

不过，朋友的这个"往何处去"，让我不由自主地回忆起"往何处来"。我已经写了十年了，可直到本书将要出版时，我才想着读一读自己写过的这些小说。

说真的，我跟大家一样陌生。

我记得自己总是贪恋科幻的现实质感和超越性。

我想起那些没有灵感的时刻，点开《春光乍泄》，静静听着"黎耀辉，不如我们从头来过"。

我还想起那些无法述说的巨大情绪，就像一只卡在我喉咙里的小鸟，只能靠文字的米粒诱它出笼。

我想起从小生活的县城安岳，那里有着璀璨的石刻艺术。我始终浸淫在近乎永恒的雕塑之美中，那些形象自然而然地渗透到我的故事，影响了剧情的走向。我甚至还记起，过去十年里，每当我走不下去时，就会动笔写作。那些幸与不幸的遭遇，如今都已忘却，变成了时空里的碎片，稀释在了故事里。

原来，我一直靠写作认知世界，靠虚构理解他者的痛苦，靠一个个意象维系我跟这个宇宙的关系。

过去……离我近在咫尺，过去的那个自己，始终盯着此刻的我，向未来前进着。

在未来的日子里，当这个世界继续被某种宏大碾碎时，我希望还能通过文字探索内心，通过诗意重塑自己。

继续聆听内心的声音。

最后，我盼望这本《月海电台》，能让你在无聊的通勤路上，漫长的旅途中，休息放空的夜晚多一丝乐趣。

如果你能喜欢这些作品，哪怕只有一瞬间的触动，也是我平凡生活中的莫大荣幸。

祝阅读愉快。